Kobenhavnertrilogi I

Barndom

童年

TOVE DITLEVSEN

托芙・迪特萊弗森＿＿著　吳岫穎＿＿譯

感動好評

在我們幼小的時候，一切總是那麼巨大而不可捉摸……托芙是擁有至大而美妙的靈魂，以致於她的身軀與旁人，甚至她自己皆無法承載的那種存在。因為她所承受的苦楚與傷痛，教我們領略了生之甜蜜，以及，死之輕鴻。

——崔舜華（作家）

無比赤裸的告白，毛骨悚然的氣氛躍然紙上。這是古怪的童年，也是令人心疼的書寫，更是充滿衝擊的閱讀體驗。

——劉中薇（編劇、作家）

童年是我們一切的根底，能撐過童年的人都有著無盡的故事。來自丹麥的獨特聲音，如抒情與殘酷之詩，如晨曦與黯夜之嘆，讓我一路讀來，既目眩神迷又驚心動魄。

——鍾文音（作家）

國際盛讚

哥本哈根三部曲是一幅令人心碎的藝術家肖像。迪特萊弗森以精確而殘酷、極度自我意識的方式，反思了她的生活。從希特勒上台期間、她動蕩的青年時期，到她發現心中對詩歌的熱情，再到後來多次破裂的婚姻。雖然這些故事是幾十年前的作品，但她筆下所捕捉到那些複雜的女性生命旅程，是永恆的。

——《時代雜誌》

充滿渲染力與生猛勁道的懺情告白。大師之作。

——《衛報》

偉大的文學，經典級的作品！令人激動的閱讀經驗，種種感動都告訴我們：這是大師級的經典傑作。哥本哈根三部曲，充滿讓人戰慄且讚嘆的天賦，堪稱是迪特萊弗森華麗的回憶錄。以一種讓人驚嘆的清晰、幽默和坦率呈現，不僅照亮了世界的嚴酷現實，同時也點燃了我們私密生活裡那些難以言喻的衝動

——《紐約時報》

為邊緣人的心靈所寫下的美麗敘事。

——帕蒂．史密斯（Patti Smith）

浪漫，卻又令人毛骨悚然，最終是毀滅。托芙被她自己敏銳的智慧所標記、傷害。她勇敢向讀者展示了自己，促使我們反思自己的傲慢。

——《紐約客》（*The New Yorker*）

語言優雅，自然、敏感、真實——充滿令人愉悅的精確震撼及觀察，而非我們通俗閱讀經驗裡所習慣的期待。這種體驗讓人暈眩，就像托芙進入了你的腦海重新布置所有的家具，而不一定是為了讓你感到舒適。本書的閱讀經驗正如情節緊湊的驚悚片，即便你想放下，卻已無法放手。

——《紐約書評雜誌》（*The New York Review of Books*）

哥本哈根三部曲的閱讀體驗帶著特殊的傑作體悟，有助於填補一種特殊的空白。三部曲的到來就像是在老舊辦公室抽屜深處發現的東西，被隱藏在襪子、香包和已故戀人照片的祕密裡。

——《紐約時報書評》（*The New York Times Book Review*）

逐漸沉溺於成癮和瘋狂的過程非常出色。閱讀時的即時感與臨場感是哥本哈根三部曲與當代自傳小說的區別所在。她的寫作技術如此嫻熟，讓讀者在不知不覺中就能透過另一個人的思想體驗世界。

——《華爾街日報》

托芙的才華如此耀眼。就像艾莉絲．孟若，托芙是一位濃縮大師，短短幾頁便能捕捉婚姻生活整個故事。身為天生的作家，她憑著一股殺手本能，喜歡用引人入勝的章節開頭撲向我們。她持續訴說自身的被動與無能為力，但正是如此的特質讓本書充滿希望。即使寫作無法讓她擺脫自身命運，最終卻讓她超越了世界的期望，並以她自己的方式找到了真相。托芙創造了一個親密的世界，既悲慘又有趣，包含了吸引人的文字——即使翻譯成不同的語言，你也會想要大聲朗讀她的散文。

——NPR

哥本哈根三部曲是絕對的傑作，尤其是最後的終曲。這套作品如我們預期一樣出色，也出人意料地強烈和優雅，清晰而生動。

——《巴黎評論》（*The Paris Review*）

令人震驚之作……托芙的思緒隨著日記般的節奏自由流動，但在敘述中卻帶著獨特敏銳的觀察，告解似的書寫中散發鋒利的光芒……在她激烈冒險和特立獨行的人生中，這部大師之作堪稱是她的傳奇成就。

——《出版人週刊》，星級評論（*Publishers Weekly*, *starred review*）

讀者將從三部曲中發現，托芙無情的自我審視是多麼令人欽佩而又令人震驚。

——《書單》（*Booklist*）

有些作家的文筆恍若水龍頭中源源不斷的冰冷水流刺傷我們的手，有些作家的散文散發著溫暖的氣氛而令人愉快。丹麥作家托芙兩者兼具。她的文筆直截了當，簡單明快，卻催眠式地召喚出我們的閱讀渴望，在其藝術家生活和正常人間的故事裡拉扯。

——《波士頓環球報》（*The Boston Globe*）

令人不安的耀眼光芒，大師之作。

——*VOX*

沒有人像丹麥詩人托芙這樣，對童年有著如此令人難忘的描寫，或者同時運用如此多的希望和不祥的預感來描述寫作的衝動。

——*4 Columns*

就像擁有百年歷史的玻璃藝術精品，她的文字優雅、透明，帶有輕微扭曲的華麗紋路卻仍散發未受影響的美麗，但這種無縫的表面，只不過掩蓋了現實中令人不安而生畏的聲響。

——《洛杉磯書評》（*Los Angeles Review of Books*）

哥本哈根三部曲以真實的親身體驗和耀眼的第一人稱描繪出動人的故事。托芙將泥濘般不適且難以忍受的生活盡收眼底，且將其打磨成了尖銳的玻璃。

——《泰晤士報文學增刊》（*The Times Literary Supplement*）

強烈而優雅。

——《每日電訊報》（*The Daily Telegraph*）

托芙緊繃又直接的文風就像一道耀眼的光芒，揭示了二十世紀哥本哈根藍領階層女性的生活和愛情樣貌。

——《*STYLIST*》雜誌

Contents

感動好評——003
國際盛讚——005
童年——018
〔譯後記〕這些街道上的那些往事／吳岫穎——182

◎ 位於哥本哈根的黑爾布街30號A，作者童年的家。

◎ 作者童年居住的街道一景。

◎ 作者童年居住的街巷景觀。

◎ 位於哥本哈根的伊斯特街，作者童年時常跟母親一起進行採買的街道。

1

早晨，希望無所不在。它存在於我不敢碰觸的母親光滑的黑髮上，稍縱即逝的那一抹光裡；它存在於我舌尖上，糖與溫熱的燕麥粥裡，我緩慢地吃著，同時凝視著母親那雙纖細的手，交叉著，安靜地擱在報紙裡有關西班牙流感（Spanish Flu）和凡爾賽條約（Treaty of Versailles）[1]的報導之上。父親已出門上班去，哥哥在學校。母親獨自在屋裡，雖然我也在，但是只要我完全沉默，不發一語，在母親那令人猜不透的心裡，那一刻遙遠的寧靜便得以延續，直到上午逐漸老去，而她必須如尋常婦人般，到伊斯特街（Istedgade）去採買日用品。

陽光灑在綠色的吉普賽拖車上，彷彿光是從裡面透出來的，疥瘡漢斯（Hans）赤裸著上身走出來，手上拿著水盆。他往身上沖水，然後伸手把美麗莉莉（Lili）遞給他的毛巾拿過去。他們之間只有沉默，就好像一本書裡的插圖，快速地翻頁就翻過去了。就和母親一樣，他們數小時內就會轉變。疥瘡漢斯是救世軍，美麗莉是他的情人。夏日裡，家長支付他們一天一克朗（kroner），請他們用綠色拖車載滿一車小孩，開到鄉下去。在我三歲、我哥七歲的時候，我跟他們去過一次。現在我五歲，我對那次旅程唯一的記

1 譯注：凡爾賽條約是第一次世界大戰後，戰勝的協約國和戰敗的同盟國簽訂的和約。協約國和同盟國於一九一八年十一月十一日宣布停火，經過巴黎和會長達七個月的談判後，於一九一九年六月二十八日在巴黎的凡爾賽宮簽署條約，象徵著第一次世界大戰正式結束。得到國際聯盟的承認後，條約於一九二〇年一月十日正式生效。

憶是，美麗莉莉把我從車裡帶出去，放在我猜是沙漠的熱沙子上。我看著那綠色的車子開走，越變越小，哥哥還在車裡，而我永遠都不會再見到他和母親了。小孩們回家以後，全都得了疥瘡，這就是疥瘡漢斯這個名字的由來。但是美麗莉莉並不美麗，美麗的是我母親，在這些奇怪、快樂的早晨裡，我徹底地讓她擁有安靜的母親。美麗而遙不可及，寂寞而充滿祕密思緒的母親，我永遠無法認識她。在她身後，被父親用褐色膠帶補貼起來的花卉壁紙上，掛著一張照片。照片裡的婦人凝望著窗外，她背後的地上立著一個搖籃，裡面有個小嬰兒。照片底下寫著：等待丈夫從海上歸來的婦人。偶爾，我會和母親的眼神忽然撞個正著，母親順著我的視線看到了這張照片；我覺得這張照片是如此的溫柔而悲傷。但是母親會忽然大笑起來，那笑聲就像許許多多充滿氣的紙袋忽然同時爆裂那般。我因為害怕而心跳加速，同時感到悲傷，因為世上所有的沉寂突然被破壞了。但是我跟著大笑，因為我和母親一樣，被困在這殘酷的歡快氛圍中。她把椅子推開，穿著她那皺巴巴的睡裙站在照片前，雙手扠在腰上。然後她忽然開口唱起歌來，聲音充滿挑釁，像個年輕女孩一樣，和她大聲跟店家殺價時的聲音，完全不同。她唱著：

難道我就不能
盡情地為我的托芙兒[2]歌唱嗎？
睡覺吧，睡覺吧，睡覺吧。
請從窗前走開，朋友，
改天再來吧。
冷霜與寒意

2 譯注：指本書作者。

又把那窮光蛋帶回家來了。

我不喜歡這首歌，但是我必須大聲地笑著，因為這是母親為了逗我開心而唱的歌。這是我的錯，如果我不看著那張照片，母親的視線不會在我身上逗留。她便可以繼續交叉著雙手安靜地坐著，她那雙嚴厲卻美麗的雙眼可以凝固在我們之間的無人區域裡。而我可以持續地在心裡微微喊著：「媽媽」，我知道她會以某種神祕的方式接收到我的呼喚。我應該讓她獨自擁有更長的時間，如此她便可在無言中喊著我的名字，並知道我們之間有著血脈關係。如此一來，一種類似「愛」的東西會蔓延全世界，疥瘡漢斯和美麗莉莉也會感覺得到，然後繼續成為一本書裡的彩色插圖。然而現在，在這首歌結束的那個當下，他們之間的爭執與嘶吼立即展開，互相拉扯著頭髮。當樓梯間的怒吼延展到客廳來，我承諾自己，明天，我要假裝牆上那張悲傷的照片並不存在。

當希望被摧毀以後，母親以一種粗暴與厭惡的姿態穿上衣服，彷彿每一件衣物對她來說都是一種羞辱。我也得換衣服，而世界是如此的寒冷、危險，以及可怕，因為母親黑暗的怒氣總是延伸至我臉上的一巴掌，或者一把將我推向壁爐。她陌生而捉摸不定，我想，我或許在嬰兒期被掉包了，而她不是我的母親。穿好衣服後，她走進臥室，朝一張粉紅色的紙巾吐了口唾沫，用力地往臉頰上摩擦。我拿著杯子走進廚房，內心深處，一些冗長、莫名其妙的字句開始在我腦海裡蠕動，恍如一層保護膜。那是一首歌、一首詩，擁有一些抒情、韻律，以及無限憂愁的句子，但絕對不是痛苦而悲哀的，正如我知道，我接下來的一天只剩痛苦和悲哀。當這些如光的文字海浪在我體內流動著，我知道，母親已經無能為力，因為她對我來說，已失去了意義。這一點，母親也知道，她眼裡充滿冷漠的距離。每當我的靈魂如此受到感動時，母親從不打我，但是也不對我說話。從此刻開始到隔天，只有我們的身軀彼此靠近，而它們即便在最窄小的所在，也努力地避免彼此之間最輕微的碰觸。牆上，水手的妻子依舊渴望著丈夫歸來，但是母親和我的世界裡都不需要男人或男孩。屬於我們的莫名、無止境且脆弱的快樂，只有在我們單獨在一起的時候存在；當我不再是一個孩子的時候，這快樂從來不曾回來過——除了在一些稀有的、偶然的浮光掠影裡，這對我來說越發珍貴啊，如今母親已經過世了，再也沒有人可以真實地講述她的故事了！

2

童年的最底層，父親在那裡大笑。他和壁爐一樣，黝黑而古舊，但是對他，我沒有絲毫的害怕。所有我想知道的關於他的一切，我都可以知道；如果我想知道更多，我只需開口詢問。他從不主動跟我說話，因為他不知道該對小女孩說些什麼。偶爾他會拍著我的頭說：「嘿嘿」，母親便會抿著嘴，父親急忙把手抽回。父親擁有一些特定的權力，因為他是男人，而且他維持著全家的生計。母親必須接受，但她還是會抗議。「你可以和我們一樣好好坐著。」當父親躺在沙發上的時候，她會這樣說。當父親閱讀的時候，她會說：「讀書會讓人變得怪異。書裡寫的一切都是謊言。」星期天，父親喝著啤酒時，母親說：「這啤酒值二十六厄爾（øre）[3]，你這樣喝下去，最後我們都會住到桑德赫爾摩（Sundholm）[4]去。」雖然我知道桑德赫爾摩是一個人們睡在麥稈上，每日三餐都只能吃醃鯡魚的地方，然而在害怕或孤獨時，這名字會出現在我寫下的句子裡，因為它和父親一本書裡的插圖一樣漂亮。我非常喜歡那本書，《工人家庭野餐記》（*Arbejderfamilie på skovtur*），內容描述一對父母和他們的兩個孩子。他們坐在綠草地上吃著放在他們之間野餐籃裡的食物，同時大笑著。他們四人同時望著插在父親腦袋旁草地裡的那一面旗，旗子是紅色的。我總是看著反方向的圖片，因為我只有在父親朗讀這本書的時候，才有機會看到它。然後母親會開燈，把所有窗口上的黃色窗簾都拉好，即便黑夜尚未降臨。「我爸爸是個騙子和酒鬼，」母親說，「但是他至少不是一個社會主義者。」父親安靜地繼續閱讀，因為他有點耳背，這也不是一個祕密。我哥哥艾特文坐在一旁，用錘子把釘子敲進一片木板裡，再用鉗子把它們一一拔出來。有一天，艾特文將會成為一名工匠。那是不錯的行業，工匠們桌上會有真正的桌巾，而不是鋪著報紙，他們也會以刀叉用餐。他們永遠不會失業，他們也不是社會主義者。艾特文長得俊美，我卻很醜；艾特文很聰明，我很蠢。這是永恆的真相，就如同印在街角麵包店山牆屋頂上的那些字：「《政治報》（*Politiken*）[5]是一份真正的報紙。」有一次我問父親，為什麼他閱讀《社會民主報》（*Social-Demokraten*）[6]，可是

3 譯注：丹麥錢幣單位。十厄爾（øre）為一克朗（kroner）。
4 譯注：當年為酗酒者、妓女、乞丐等社會邊緣人士設立的感化教育機構位於此處。
5 譯注：一八八四年創刊，保持社會自由主義立場，讀者以左派思想者為多數。
6 譯注：一八七一年創刊，曾多次改名，二〇〇一年正式停刊，是丹麥的第一份社會民主主義報紙，也是世界上最早由工會出版的報紙。「Social-Demokraten」是該報於一八七四年～一九五九年間的刊名。

他只是皺著眉頭，清了清嗓子，接著響起母親和艾特文紙屑一般的笑聲，因為我是如此不可思議的愚蠢。

在千萬個夜晚，客廳是光與溫暖之島，在這裡我們四人就像掛在柱子後那牆上的紙娃娃劇院裡的紙娃娃一般。那是父親根據《家庭雜誌》（*Familie Journalen*）[7]的範本製作的。冬天是無盡的，全世界都像在臥室和廚房裡一樣寒冷。客廳在時空裡遊走，火焰在壁爐裡劈啪響著。即便艾特文的錘子發出很大的聲響，父親在翻閱那本禁書時的聲音彷彿還更大。當他翻過無數頁面之後，艾特文放下錘子，以他那棕色的大眼睛看著母親。「要不，媽媽唱一首歌？」他說。「好啊。」母親說，並且對他微笑。父親馬上把書擱在肚皮上，看著我，彷彿想對我說些什麼。但是父親和我之間，那些我們想對彼此說的話，一直都沒有說出口。艾特文跳起來，遞給母親一本她最喜歡的書，那是她擁有的唯一一本書。那是一本戰歌集。他彎著腰，看著母親翻閱那本書，雖然他們沒有互相碰觸，但在某種程度上，他們一起把父親和我排除在外了。母親一開始唱歌，父親雙手交叉在那本禁書上，就這樣睡著了。母親的歌聲高昂而刺耳，彷彿刻意要與她所唱的內容拉開距離：

媽媽，是妳嗎？
我想，妳哭過了。
妳走了很遠，妳該累了。
別哭了，媽媽，我現在很幸福。
感謝妳，即使一切那麼可怕，妳還是來到了這裡。

7 譯注：一八七七年創刊的丹麥家庭與婦女週刊，是丹麥歷史最悠久的婦女週刊之一。

母親的歌有很多段落，這一首還沒唱完，艾特文又重新拿起了錘子，父親的鼻鼾也很大聲。艾特文請母親唱歌，是為了減輕她對父親的閱讀而產生的怒意。他是男生，男生不喜歡聽了會讓人掉淚的歌。母親也不喜歡我哭，於是我哽咽地坐著，斜眼望向書裡戰場的照片，裡頭一個垂死的士兵把手伸向他母親光亮的靈體，而我知道那不是真的。書裡的每一首歌內容都差不多，當母親在歌唱的時候，我要做什麼都可以，因為此刻她憩息在自己的世界裡，誰也無法打擾她。即使樓下又傳來開始爭吵和打架的聲音，她也完全聽不見。樓下住著擁有一頭金黃色長辮子的長髮姑娘和她的父母，他們還未將她賣給巫婆以換取一束風鈴花。哥哥是王子，他尚不知道，他即將在墜落高塔以後瞎了雙眼。他把釘子錘入木板裡，他是家裡的驕傲。那個時候的男孩們都是，而女孩們只需結婚生子。男孩得維持家計，除此之外沒有任何其他的期望。長髮姑娘的父母在嘉士伯（Carlsberg）[8]工作，每天各自喝五十瓶啤酒。晚上下班後再繼續喝，睡覺前他們怒吼長髮姑娘並且用粗大的棍子狠狠揍她。她帶著一臉和滿腿的瘀青去上學。當他們厭倦了毆打她，他們會以酒瓶和斷掉的椅腳互毆，直到警察出現把他們其中一個帶走，屋裡才終於又安靜了下來。父親和母親都不喜歡警察，他們覺得就該允許長髮姑娘的父母如願地互相廝殺至死。他們是幫大人物做事的，父親這樣為警察們定義，而母親經常說起從前，警察把她父親帶走，困在牢獄裡。她永遠不會忘記這件事。但是父親並沒有酗酒，他也沒坐過牢。我的父母不打架，我的童年比他們的要好很多。然而，當樓下安靜下來，該上床睡覺的時候，我的思緒邊緣總是被黑

8 譯注：丹麥啤酒廠，創建於一八四七年。

暗的恐懼侵襲。「晚安。」母親說，然後關上門再次回到溫暖的客廳。我脫下連身裙、羊毛襯裙、緊身胸衣，以及作為我每年聖誕禮物的黑色長筒襪，把睡裙從頭上套下穿好，坐在窗臺前片刻。我望著漆黑的院子深處，以及前排屋子裡那一面牆，那一面總是哭泣的牆，彷彿剛剛下過雨。那些窗口幾乎都沒有燈，因為窗內都是臥室，而正派人家不需要開著燈睡覺。在牆與牆之間我可以看到一小方的天空，那裡有時會有一顆星閃爍著，我把它叫做「晚星」。當母親進來關燈，我躺在床上，看著門後堆滿的衣物如何變成掛著鐵鉤的長手臂，企圖掐著我脖子，這時候我會用盡全力想著那顆晚星。我嘗試尖叫，但只能發出微弱的耳語，而當我終於叫出聲來，我全身與一整張床都因汗水而濕透了。父親站在門邊，燈亮了。「妳只是做了個惡夢，」他說，「我小時候也經常做惡夢，但那是另一個時代了。」他充滿深意地看著我，彷彿覺得像我這樣一個生活條件算不錯的小孩不該有惡夢。我不好意思地對他微笑，說了聲對不起，彷彿我的尖叫是非常愚蠢的舉動。我把被子拉到下巴，因為男人不應該看到穿睡衣的女孩。「嗯。」他把燈熄了，離開，彷彿以某種方式把恐懼也帶走了，因為此刻我可以輕鬆地入睡，門後那一堆衣物也不過是一些舊布料而已。我沉睡的時候，夜晚拖著恐怖、邪惡以及危險從窗前經過。當我安全地躲在被子裡的此刻，白天總是光亮和充滿喜慶氛圍的伊斯特街一帶，警車與救護車呼嘯而過。頭破血流的醉漢躺在陰溝裡，「如果妳敢走入查爾斯酒吧（Café Charles）[9]，妳會被打到沒命。」我哥哥是這樣說的，而他說的一切，都是真的。

9 譯注：「咖啡館」在此處譯為「酒吧」，因為在哥本哈根的許多酒吧都會以café命名，在作者的年代，對孩子們而言等同於一個充滿三教九流的地方——醉漢、妓女等都會在這裡出現。

3

我快滿六歲了，很快地就要登記入學，因為我已經識字也會寫字了。母親非常驕傲地告訴每一個願意聽她誇耀的人。她說：窮人家也有聰明的小孩。所以她或許還是關心我的？我和母親之間的關係是親密且痛苦和扭曲的，而我總是尋找任何一點愛的蛛絲馬跡。我所做的一切，都是為了取悅她，為了讓她笑，為了緩解她的憤怒。這是一件非常讓人疲憊的事，因為我必須同時對她隱瞞很多事；有些是我探聽到的，有些是我從父親的書裡讀來的，其他則是哥哥告訴我的。最近，母親住院了，我們由奧妮特（Agnete）阿姨和彼得（Peter）姨丈照顧。他們是母親的姐姐和她有錢的丈夫。他們告訴我，母親的胃不好，但是艾特文隨後卻笑著跟我說：母親「被截肢」[10]了。她肚子裡有個小孩，而這小孩死了。所以他們把她肚子從肚臍那裡往下剖開，把這小孩取出來。這是如此的神祕與可怕。當她從醫院回家以後，水槽底下的水桶每天都裝滿了血。我每一次想到這件事，眼前就會出現一個畫面，在撒迦利亞・尼爾森（Zakarias Nielsen）[11]的故事裡，有個穿著紅色長裙的美麗女人，她把一隻白色的小手舉到胸前，對一個衣冠華麗的紳士說：在我心裡懷著一個孩子。在書裡，這是美麗且絕不血淋淋的描述，它為我帶來了祥和與安慰。艾特文說，我在學校裡會被揍，因為我太怪了。

10 譯注：丹麥文中，流產為「abortere」，截肢為「amputere」，讀音非常接近，而小孩弄不清楚這兩個字的差異。

11 譯注：一八四四年～一九二二年。丹麥作家、詩人，作品包括小說、短篇小說、散文、詩、歌詞，以及戲劇。

我確實古怪，因為我跟父親一樣愛閱讀，而且我不懂得玩耍。即使如此，當我牽著母親的手走入英和瓦街學校（Enghavevejens skole）的紅色大門也並不害怕，只因母親近來給了我一種全新的感覺，我覺得自己是獨特的。她穿上了新的大衣，皮草領子高至耳朵，臀上扣著腰帶。她的臉頰被紅色的紙巾染紅，嘴唇也是紅紅的，眉毛都畫好了，看起來像一雙小魚兒，朝她的鬢角上方輕甩尾巴游去。我非常確定，沒有任何一位同學有這麼漂亮的媽媽。雖然我身上的衣服是艾特文的舊衣服改的，但是沒人看得出來，因為那是蘿莎莉亞（Rosalia）阿姨的作品。她是裁縫師，而她深愛著哥哥和我，彷彿我們是她親生的一樣。她自己沒有小孩。

當我們走進學校空無一人的大樓時，我的鼻腔馬上被一陣刺鼻的氣味襲擊。我認得這氣味，心裡一緊，因為這熟悉的氣味讓我心生恐懼。母親也感受到了，於是在我們上樓梯的時候，她鬆開了我的手。在校長辦公室，一個看起來好像巫婆的女人負責接待我們。她那一頭綠色的頭髮，看起來就像頭上頂著個鳥巢似的。她只有一隻眼睛戴著眼鏡，我猜另一隻眼的鏡片可能破了吧。在我看來，她似乎沒有嘴唇，因為它們緊緊地抿在一起，嘴上一個毛孔粗大的大鼻子凸出來，鼻尖泛著紅光。「嗯，」她說，開門見山地，「妳就是托芙？」「是的，」母親說，對方看也不看她一眼，彷彿母親不值得她的眼光，連一張椅子也不給母親。「她會讀書，還能寫出正確的字。」那女人看了我一眼，彷彿我是她在一塊石頭底下發現的一個什麼東西。「非常不幸地，」她說，「我們有自己一套教小孩讀書寫字的方式。」如常地，我成為母親被羞辱的原因，我的臉頰刷一下就因羞愧而漲紅。我的驕傲消失了，我因覺得自己獨特而感到的短暫快樂被摧毀了。母親默默地跟我拉開了距離，撇清似地說：「她自己學的，這不是我們的錯。」我抬頭望著她，明白了幾件事：她比其他成年女人矮小，比一般的母親更年輕，街頭以外的世界讓她感到恐懼。而當她和我對一樣的事物感到害怕時，她便會背棄我。就像現在，我們站在巫婆面前，我可以感覺，母親的手有洗碗劑的味道。這味道讓我覺得噁心，當我們在沉默中離開學校，我的內心充滿了混亂與憤怒、悲傷和憐憫，從此刻開始，終其一生，母親總是能喚起我心中的這些感受。

4

大致上，實情真相有這些。它們如街上的燈柱一般僵硬，無法移動，但是在夜裡，點燈人用魔法棒碰了燈柱一下，燈柱至少也有了變化。燈柱會開始發光，如在日夜邊界裡那些巨大且溫柔的向日葵；在日與夜的邊界，所有的人們安靜且緩慢地移動著，恍如走在青綠色的海底。真相卻永遠不會發光，真相也不會像《人子狄蒂》（*Ditte Menneskebarn*）[12]那樣讓人心變得柔軟。這是我人生中最早

12 譯注：《人子狄蒂》為丹麥作家馬丁・安德森・尼克索（Martin Andersen Nexø）的一本小說。他是丹麥藝術和文學現代突破運動的作者之一。他一生都是社會主義者，二戰期間移居蘇聯，後移居東德。《人子狄蒂》敘述一名工人階級貧窮女孩狄蒂一生的悲慘故事，描繪了女性在底層社會所遭受的不公平待遇及種種厄運，狄蒂正是受害者代表。

讀的書之一。「這是一本社會小說。」父親說教似地說，父親所言或許為真相，但是對我來說無關緊要。「胡說。」母親說，她也不喜歡真相，但是母親比我更擅長逃避現實。當父親在極其少有的情況下對母親發怒，他常說她整個人都是一個謊言，但是我知道，這不是真的。我知道，每一個人都有自己的真相，就如同每個小孩都有自己的童年。母親的真相完全有別於父親的真相，但這種差異非常顯而易見，就好像他的雙眼是棕色的，而她的則是藍色。幸好，大家都認同的是，我們可以對自己心裡的真相保持沉默；而那些嚴格、灰黯的實情真相，則寫在學校的校規、世界歷史裡，或是法律及教會經典裡。無人可以改變，沒有人敢這樣做，就連上帝也不行——我總是分不清上帝和斯陶寧（Stauning）[13]；雖然父親說，我不該相信上帝，因為資本主義總是利用祂來對抗窮人。

總而言之：

我誕生於一九一八年十二月十四日，在哥本哈根市韋斯特布羅（Vesterbro）一間小小的兩房公寓裡。我們住在黑爾布街（Hedebygade）30號A；A代表的是，我們住在後棟樓[14]。在前棟樓，那些可以從窗戶看見街道的公寓裡，住的是較為上等的人們，儘管他們的房子跟我們的一模一樣，但是月租卻比我們多了兩克朗。那年，世界大戰結束了，通過了每日八小時的標準工作時間[15]。我哥哥艾特文誕生於世界大戰剛開始的那一年，當年父親一

13 譯注：索瓦爾德．斯陶寧（Thorvald Stauning），一八七三年～一九四二年，丹麥社會民主黨第一任首相，曾兩度出任首相。曾領導社會民主黨取得一九三五年全國選舉的最大勝利。

14 譯注：那個年代，靠街的房子是比較貴的（前棟樓）。院子另一端的公寓較為便宜，也就是作者指的「後棟樓」。

15 譯注：丹麥於一九一九年一月開始，經過工人階級長時間的罷工活動以後，各工會組織同意實施每日八小時工作制。

天工作十二個小時。他是司爐工，雙眼總是因為爐火的火花而布滿血絲。我出生那年他三十七歲，而母親則比他小十歲。父親出生於莫斯島上的尼克賓莫斯（Nykøbing Mors）。他是私生子，從來不知道他的父親是誰。六歲那年，他被送去當牧童，大約在同一個時期，他母親嫁給了一個名叫福羅特朗（Floutrup）的陶工。他們生了九個孩子，但是我對父親的這些繼弟繼妹一點也不了解，也從來沒見過他們，而父親也從未提起過他們。他十六歲那年來到哥本哈根以後，就和家裡完全切斷了關係。他夢想當個作家，基本上也從未放棄過這個夢想。他曾經成功地在某家雜誌社當實習記者，但是不知道什麼原因放棄了。我不知道他在哥本哈根的第一個十年是如何度過的，二十六歲那年，他在托登斯克爾特街（Tordenskjoldsgade）的一間麵包店裡邂逅了母親。她十六歲，在店裡當店員，父親則是麵包師助手。那是一段異常冗長的訂婚過程，父親曾多次取消，因為他好幾次以為母親另有情人。然而，我相信，那些所謂的情人都是沒有意義的。這兩個人簡直是來自兩個世界，差異太大。父親是多愁善感、嚴肅，以及非常道德正確的人；而母親在年輕時是個開朗、淘氣、輕浮及虛榮的女孩。她曾經在不同的地方當女傭，只要一不高興，就馬上離開，於是父親便不得不用載貨腳踏車，把就業紀錄本（Skudsmålbog）[16]、五斗櫃和她載到新的雇主家，而那裡也總是有讓她不高興的事。她自己曾經對我承認，她從未在同一個地方待過長到可以煮熟一顆蛋的時間。

16 譯注：一八三二年九月五日在丹麥頒布了「為家務人員制定服務目標」的條例，決定所有從事家庭服務工作的人都應該有一本「就業紀錄本」，當他們搬到一個新的城鎮或教區時，當地警局或教會便會在紀錄本上簽名；離職時，雇主會記錄就業日期、薪水和工作表現。

我七歲那年，災難找上了我們。母親織了一件綠色的毛衣給我。我穿上了，覺得很好看。臨近下班時間，我們散步去接父親下班。他在位於京歌街（Kingosgade）的利義達與林德果（Riedel & Lindegaard）工廠上班。他已經在那裡工作很久了，久得應該跟我一樣歲數。我們來早了，我踢踏著溝渠邊緣的積雪，母親則倚靠著綠色的欄杆等候。父親隨即從大門出來，我的心跳開始加速。他灰頭土臉的，臉上的表情異常，彷彿有什麼不對勁。母親急步迎向他。「迪特萊弗（Ditlev），」她說，「發生什麼事了？」他跌坐在地上。「我被開除了。」他說。我沒聽過這詞，但理解到這是無可挽救的傷害。父親失業了。這樣一個可能發生在任何人身上的事，發生在我們身上。利義達與林德果，直至今天為止曾經是所有好事的根源，連我每個星期天無法花掉的五厄爾零用錢都是來自他們。如今他們變成了一條邪惡而可怕的龍，一張口，便把父親隨著火焰吐了出來，連帶影響了他的命運，與我們，與我，以及我綠色的新毛衣——父親連看也沒看見。回家的路上，沒有人說一句話。

我悄悄地嘗試把手放進母親手裡，她卻用力地揮動，一把甩開我的手。當我們進入客廳，父親眼神愧疚地望著母親，「嗯，」他說，同時撫摸著他的黑鬍鬚說，「還要再等一些日子，才能領到失業金。」他已經四十三歲，這把年紀幾乎無法再找到一份穩定的工作。儘管如此，我記憶中僅有一次這樣的情況：父親的工會失業金領完了，得領貧窮救濟金。那是在我和哥哥上床睡覺以後，在他們竊竊私語中聽到的，這是一件非常羞恥的事，相當於蝨子和兒童福利機構。一旦領取了救濟金，就會失去投票權。而事實上，我們也沒有真的挨餓，大多是半飽的狀態，但是從那些生活較富裕的家庭門後飄來的晚餐香味，以及連續好幾天只能喝咖啡、吃著以二十五厄爾買回來的滿滿一書包的過期麵包，讓我知道了什麼叫做吃不飽。

是我去買了那一書包的過期麵包的。每個星期天，早晨六點，母親會在雙人床被子底下還在睡眠中的父親身旁，對我下指令。我提著書包匆匆下樓，還沒走到院子裡，我的手指已經凍僵了，那個時間，周遭還是一片黑暗。我打開通往院子裡的大門，環顧綿延至前棟樓窗戶的每個角落，不想讓人看見自己去做這麼丟人的事。買過期麵包是不恰當的，就如同參與嘉士伯街（Carlsbergvejens）學校提供的免費餐點那樣不恰當——那是三十年代在韋斯特布羅唯一的救濟措施。艾特文和我是不會被允許到學校去吃免費餐點的。而擁有一個失業的父親也是不恰當的，儘管半數的人都是這樣。於是我們用最瘋狂的謊言來掩蓋這件羞恥的事，其中最正常的謊言是：父親從鷹架上摔下來，因此請了病假。通德街（Tøndergade）上的麵包店外，孩子們排成一條蜿蜒的長龍，一路排到街上。大家都帶著書包，嚷著這家麵包店的麵包有多好吃，尤其是剛新鮮出爐的。輪到我時，我把書包放在櫃檯上，小小聲地說出我的要求，接著大聲地說：「最好給我鮮奶油蛋糕。」母親迫切地要我跟他們要法式麵包。回家的路上，我把四、五個發酸的鮮奶油蛋糕塞下肚，吃完後用大衣袖子將嘴巴擦乾淨，當母親搜索書包深處時，從來沒有發現我做了什麼。事實上，我極少，或者從未因做了什麼壞事而被懲罰。母親經常用力打我，但通常是沒來由或不公平的毆打，而在被打的過程中，我會感到一種隱密的羞恥，以及沉重的憂傷，這些感受讓我流下了淚水，同時也更拉開了我和母親之間痛苦的距離。父親從未動手打過我，反之，他對我很好。我童年時的所有讀物都來自於父親，並且，在我五歲生日時，他送給我一本精美版本的格林童話故事，沒有這本書，我的童年便只剩下灰色、悲傷和悲慘了。儘管如此，我對他始終沒有太強烈的情感，當他坐在沙發上，以沉默和充滿探究的眼神望著我，彷彿想對我說些什麼，然而卻從來沒有表達出來，為此，我經常感到自責。我是母親的女兒，而艾特文是父親的兒子，這是無法改變的自然法則。有一次我對他說：「『淒風苦雨』是什麼意思啊？父親。」我從高爾基（Gorky）[17]那裡學會了這個形容詞，非常喜歡。他思考了很久，同時捻著他往上翹起來的鬍鬚尖端。「那是俄羅斯的形容詞，」他說，「意思是痛苦、悲慘和悲傷。高爾基是個偉大的詩人。」我高興地說：「我也要成為一名詩人！」他馬上皺著眉頭恐嚇我說：「別痴心妄想了，女人是不可能成為詩人的。」我被冒犯了，覺得很受傷，再次躲起來暗自傷心，此時母親和艾特文卻因為我這瘋狂的想法而大笑。我決定從今以後再也不向任何人大聲說出我的夢想，一整個童年，我守住了給自己的這個承諾。

17 譯注：馬克西姆・高爾基（Maxim Gorky），一八六八年～一九三六年，俄羅斯作家。社會主義、現實主義文學奠基人，政治活動家。

5

夜晚，我如常坐在臥室裡冰冷的窗臺前，望著院子。這是我一天以來最快樂的時刻。第一波的恐慌之浪已經平息。父親說了晚安，回到了溫暖的客廳，而門後的衣物堆已經停止了對我的驚嚇。我望著晚星，恍若那是上帝的眼睛，謹慎地追隨著我，並且比在白日裡更靠近。有朝一日，我會把從身體流動而過的所有字句寫下來。有朝一日，人們將在一本書裡閱讀這些字句，並且感到意外，原來女孩也可以成為詩人。父親和母親會為我而感到驕傲，更甚於艾特文，而學校裡一名目光銳利的女老師（我目前尚未找到）會說：「我在她兒時便看出來了，她是非常獨特的！」

我很想把這些字句寫下來，但是我可以把這些紙張藏在哪裡呢？連我的父母都沒有一個可以上鎖的抽屜。我今年二年級，而我想寫讚美詩，因為它們是我所知的最美麗的詩。在我上學的第一天，我們唱著：「感恩與讚美上帝，我們睡得如此平靜……」當我們唱到：「如鳥兒一般輕快，如魚兒一般活潑，早晨的陽光滲透窗子灑進來」，我是如此的快樂和感動，因此掉淚，而其他的孩子則大笑，就像母親和艾特文一樣，總是嘲笑我那因為「古怪」而引發的眼淚。同學們依舊覺得我異常滑稽，而我已經習慣了這樣一種小丑的角色，甚至因此感到一種悲哀的愉快，因為這個角色及我那毋庸置疑的愚蠢，保護著我，讓我免於他們對異於己身族群者的惡毒對待。

一個影子悄悄地從拱門混進來，如老鼠從洞裡竄出來。黑暗中，我還是看得見，那是一個變態。當他意識到前路通行無阻時，他把帽子拉下，遮住額頭，跑向便池，讓門在他身後微微掩著。我看不到門後的情況，但是我知道他在做些什麼。那段對他感到害怕的時期已經過去了，但母親還是感到恐懼。不久前，她帶我到斯文德街（Svendsgade）上的警察局，忿忿不平地告訴一名警察：他那些骯髒下流的舉止，讓公寓大樓裡的女人和小孩身處在不安全的環境裡。警察於是問我：「那個變態是否暴露自己？」我非常有說服力地說：「沒有。」我只知道這個句子：「當旗子升到頂端，我們因此將頭暴露」——他確實從來都沒有脫下帽子。當我們回到家裡，母親告訴父親：「警察什麼也不願意做。這個國家，既沒有法律也沒有正義。」

樓下大門被打開，門上的鉸鏈吱吱作響，笑聲、歌聲、詛咒聲打破了屋裡和我心裡莊嚴的寂靜。我伸頭看看是誰來了。是長髮姑娘，她的父親和她父母其中一個喝酒的朋友——「水管工」。長髮姑娘在兩個男人中間，他們一人一手擱在她的脖子上。她的金髮閃閃發光，彷彿是隱形的手電筒照射在她髮上的餘光。他們搖搖晃晃地經過院子，一會兒，我就聽到樓梯間傳來他們的聲音。長髮姑娘名叫潔妲（Gerda），快成年了，至少有十三歲吧。去年夏天，她跟著疥瘡漢斯和美麗莉莉的吉普賽拖車，照顧小小孩，母親說：「潔妲在路途中大概不止感染到了疥瘡。」在院子裡的住宅垃圾間，我經常在那外圍混，也聽到那些較為年長的女孩們說過類似的話。她們壓低嗓門偷笑著，我只知道是一些關於潔妲和疥瘡漢斯之間羞恥、骯髒和曖昧的事。於是我跑去問母親，潔妲究竟發生了什麼事。母親生氣且不耐煩地說：「啊，妳這傢伙！潔妲不再純潔了。」就這樣。可我還是不懂。

我抬頭望著絲綢般無雲的天空，打開窗以便能和天空再靠近一些些。那感覺就像上帝將祂溫柔的臉孔緩慢地降落人間，而祂巨大的心臟溫柔而平靜地跳動著，和我如此靠近。我覺得幸福，而長長的、憂傷的詩句劃過我的腦海。它們把我，和我應該親近的人，分成兩邊。我的父母親不喜歡我信仰上帝，他們也不喜歡我說話的方式。另一方面，我對他們說話的方式感到反感，因為他們總是使用如此粗鄙且拙劣的詞句，這些詞句的涵義無法表達他們真正想說的話。母親幾乎用「上帝憐憫妳，如果妳不……」這樣的開頭來命令我做任何事。父親用日德蘭半島方言（Jysk）詛咒上帝，雖然並不是太惡毒的話語，但是也好聽不到哪裡去。平安夜，我們圍繞著聖誕樹，唱的是社會民主黨的讚歌，我的心因恐懼和羞愧而破碎，因為我們可以聽到其他家庭裡傳來的哼唱聲，即便是酒醉或墮落的家庭，都唱著讚美詩。人們應該敬仰他們的父母，我一直假裝自己也是，但是比起小時候，這件事越來越艱難。

一陣美好、冰冷的細雨，灑在我的臉上，我再次關上窗子。然而，我還是聽見了隱約的開門聲，在樓下深處，門被打開了，又被關上。隨後一個美麗的身影悄然來到院子裡，彷彿被一把精巧的透明雨傘提著進來一般。那是凱蒂（Ketty），就住在我們隔壁公寓的一個精靈似的美麗女人。她穿著銀色的高跟鞋，長長的黃色絲綢連身裙，披著白色皮草，讓人聯想到白雪公主。凱蒂的頭髮黑如烏木。不過一眨眼的時間，拱門就把我心夜夜期待的這一個美麗畫面藏了起來。那個時期，凱蒂每晚都有應酬，父親說：「如果她懷上孩子可就丟臉了！」我不懂他的意思。母親什麼也沒說，因為白天她和我經常坐在凱蒂的客廳喝咖啡或熱可可。那是一個完美的客廳，所有的家具都是紅色的裘皮，連燈罩也是紅色的，凱蒂自己也和母親一樣把臉蛋塗得又紅又白，雖然她比母親年輕。她們經常大笑，我也跟著笑，雖然我不知道有什麼那麼好笑。然而當凱蒂開始逗我開心時，母親就會把我支開，因為她不喜歡這樣。就如同不喜歡蘿莎莉亞阿姨找我說話那樣。「自己沒有小孩的女人，」母親說，「總是對著別人的小孩瞎忙。」稍後，她卻鄙視凱蒂，因為她讓自己的母親住在靠近院子那間沒有暖氣的房間，並且完全不允許她進入客廳。她的母親叫安德生（Andersen）太太，根據母親所言，這是「最黑暗的謊言」，因為安德生太太從來就沒有結過婚，因此她生下小孩是罪惡的——這我懂，而當我詢問母親為什麼凱蒂不善待自己的媽媽，母親說：「那是因為她不願意告訴凱蒂，她的父親是誰。」每當聽見如此可怕的故事，我總是因為自己有正常的家庭關係感到慶幸。

在凱蒂消失以後，便池的門悄悄地被推開，那個變態如螃蟹似地沿著前棟樓的牆橫著走出大門。我完全把他忘了。

6

童年就如一副長而窄小的棺木，只靠自己是無法逃脫的。它一直在那裡，你可以清楚地看見，就好像你一眼就看見了俊美路維（Ludvig）的兔唇。至於俊美路維，他和美麗莉莉一樣，因為太醜，你無法想像她其實也是有母親的。所有醜陋或不幸，人們都以美麗稱之，而沒有人知道為什麼。你無法從童年逃脫，它如氣味般縈繞在空氣裡。你可以在其他孩子身上感受到，每一個童年獨特的氣味。往往，人們不認識自己的氣味，有時會害怕，自己的總比別人的悲慘。你站在那裡和一個女孩說話，她的童年有灰燼和煤炭的氣味，忽然之間，她往後倒退了一步，因為她聞到了你童年的可怕氣味。你暗中檢視大人們，他們的童年被藏起來，破爛不堪且百孔千瘡，宛如一張被磨損的舊地毯，沒有人記得，也沒有人需要它。你看不出來他們曾經擁有童年，你也不敢問，他們如何讓自己熬了過去，而臉上卻不曾留下深深的傷痕與痕跡。你懷疑他們是否有條捷徑，在時間尚未到來時，他們已經換上了成人的外衣。他們趁有一天，自己獨自在家的時候，就這樣做了，而他們的童年就如同格林童話裡的鐵約翰（Jern-Hans）那樣，心被三條鐵絲環繞著，只有在他的主人獲得了自由以後，這些鐵絲才斷開。然而如果你不知道這樣的一條捷徑，你只能在每分每秒中把童年熬過去，經年累月。只有死亡能讓你從童年裡解脫，因此你經常想著死亡，並且想像一個身穿白衣的友善天使，在夜晚親吻你的眼皮，讓它們從此不會再睜開。而我總是相信，在我長大以後，母親會關愛我，就好像她此時關愛著艾特文一樣。因為我的童年讓她感到厭煩，也讓我感到厭煩，只有在她忽然間遺忘它存在的那一刻，我們才能快樂地相處。於是她會好像對她的朋友或蘿莎莉亞阿姨那樣對我說話，而我必須謹慎，我的回答必須是簡短的，好讓母親不會忽然記起，我只是一個孩子。我掙脫她的手，維持我們之間的距離，這樣她才不會嗅到我的童年。當我陪她到伊斯特街採買時，這樣的情況幾乎就會出現。她告訴我，她少女時期是多麼的有趣。她每個晚上都去跳舞，而且從未離開過舞池。「我每個晚上都有一個新的情人，」她大聲地笑著說，「然而在我遇見迪特萊弗以後，就不能這樣了。」那是父親，或者她總是叫他「爸爸」，如同他稱她為「媽媽」或「媽咪」一般。我有一種感覺，她曾經是幸福的，和現在完全不一樣，然而，就在她遇見了迪特萊弗以後，這一切戛然而止。她提起他的時候，彷彿說的是父親以外的另一個人，一個黑暗的幽靈，摧毀和破壞了美麗、明亮和快樂的一切。我希望這個迪特萊弗從來不曾出現在她的生命裡。當她說起他的名字，她通常就會瞥見了我的童年，她會對它充滿怒意和威脅，而她那藍色瞳孔周圍的黑圈看起來更黑暗了。於是這個童年因恐懼而顫抖，拚命地踮起腳尖希望可以逃離，然而它始終太小，只有在上百年以後，才能將它丟棄。

有一種人，他們的童年由裡到外都如此顯眼，讓人一目瞭然；這種人就是——孩子們。而人們可以隨心所欲地對待他們，因為沒有人會害怕一個孩子。他們既沒有武器也沒有面具，除非他們非常狡猾。而我就是這樣一個狡猾的孩子，我的面具就是愚蠢，我總是小心翼翼地不讓人將它撕開。我微微張開嘴巴，讓眼神放空，好像它們只會盯著空氣看。當我在心裡開始唱起歌來的時候，我異常小心，不讓我的面具有任何破綻。沒有一個大人會喜歡我在心底唱的歌，以及我在腦海裡用字句編成的花環。但是他們知道，因為一小部分的思緒會通過一個我不知道的祕密通道，從我心裡洩漏出去，因此我也無法阻止它們。「妳在妄想什麼？」他們懷疑地說，而我向他們確保，我沒有妄想的能力。在學校，他們問：「妳在想什麼？我說的最後一句，妳覺得如何？」但是他們從來無法真正看透我。只有在院子裡或街上的孩子們能看穿我。「妳在裝傻，」其中一個年紀較大的女孩威脅我，並貼近我，「但是妳根本不蠢。」她盤問我，許多女孩安靜地圍繞著我，把我圍在中心，使我無法逃脫，除非我能證明我真的很蠢。最後，我所有愚蠢的答覆終於讓她們相信，我確實是個蠢蛋，她們才讓圈圈開啟一個小小的出口，剛剛好夠我擠身出去。「一個人不應該偽裝成另一個人，妳就是妳。」其中一個女孩以非常正義的口吻對我大聲警告。

童年是黑暗的，它如同一隻關在地窖並且被遺忘的小動物般，不斷地呻吟。它就像從喉嚨裡呵出來的氣，在冷空氣裡冒成白煙，有時太小，有時太大。童年它也永遠都不合身。只有在某一天，它如蛻去的死皮完全脫落，你才能鬆一口氣，平靜地聊起它，一如聊著一個已經痊癒的疾病。大部分的大人說，他們有個快樂的童年，或許他們的確如此相信，但我卻不信。我覺得，他們只是成功地把童年遺忘了。我的母親並沒有一個快樂的童年，而她也沒有像其他人一樣把童年徹底遺忘。她告訴我，當她神經錯亂的父親堅信那道牆將倒在他身上，於是全家人都必須站在牆邊擋著不讓它倒下，這一切是如此的可怕。當我說：「他太可憐了。」母親大吼說：「可憐？那是他自己的錯，那該死的豬。他每天灌一瓶蒸餾酒，當他終於下定決心上吊，我們的日子才稍微好過一些。」她也說：「他謀殺了我的五個弟弟。他把他們從搖籃裡抱出來，摔到牆上，摔爆他們的腦袋。」有一次，我問蘿莎莉亞阿姨（母親的姐姐），這是不是真的，她說：「這當然不是真的，他們是自然死亡。我們的父親是個不幸的人，當他去世的時候，妳母親只有四歲。她繼承了外婆對他的恨。」外婆是她們的母親，雖然她現在已經老了，我可以想像，她的心裡只容得下恨。外婆住在阿瑪島（Amager），滿頭白髮，總是穿著黑色的衣服。和她說話就像和我父母說話一樣，我只能以第三人稱稱呼她[18]，這使得整個對話非常艱難並且一再重複。她在切麵包時會在麵包底部畫十字架，她剪完指甲後會把剪下的指甲丟進壁爐裡焚燒。我問她為什麼要這樣做，然而她僅僅說，她不知道。她母親也是那樣做的。她和所有的大人們一樣，不喜歡小孩問太多問題，於是只給予簡短的回答。無論你如何轉身，你總會和童年撞個正著，因此而受傷，因為童年有著堅硬的稜角，只有在把你徹底撕個破爛以後，童年才結束。原來，每個人都有屬於自己的童年，而且它們都大相徑庭。譬如，哥哥的童年相當吵鬧，我的卻十分安靜、躡手躡腳，以及充滿警覺性。沒有人喜歡童年，也沒有人用得著它。忽然之間，它被拉長了，當我和母親都站起來的時候，我可以看到她的眼睛。「人都是在睡覺的時候長大的。」她說。於是我嘗試著在夜裡維持清醒，但是睡意掩蓋了我；早晨，我望著我的雙腳時，感到一陣暈眩，因為從頭到腳的距離被拉長了。「妳這個高個兒！」街上的男孩們這樣喊我，如果這情況持續下去，我有朝一日不得不到大蒙古去，那裡是巨人們持續生長的地方。現在童年也讓人疼痛了啊。「這叫成長痛，要在妳二十歲的時

18 譯注：在那個年代，和長輩說話時，只能使用敬語，即是以第三人稱稱呼長輩，等同於中文的「您」。

候才會停止。」艾特文說，他知道有關世界和社會的一切，就和父親一樣。父親帶他出席各種政治聚會，母親總是認為，有一天他們兩個都會被警察逮捕。但是，她說這些話的時候，他們根本不理會，因為她和我一樣，對政治完全沒有任何概念。她也說，父親之所以找不到工作，是因為他是社會主義者，並加入了工會；而照片被父親掛在水手妻子旁的斯陶寧，總有一天會帶著我們走向災難。我喜歡在大眾公園（Fælledparken）[19]多次看見和聽見的斯陶寧。我喜歡他，因為他的鬍子在風中揚起，有一種節慶的氛圍，也因為他稱工人們為「同志」，儘管他是首相，絕對可以允許自己成為與眾不同的人。不管政治是什麼，我認為，母親是錯的；然而，沒有人對女孩們對政治的看法有任何興趣。

有一天，我的童年有血的味道。我無法視而不見，也無法不去感受。「現在，妳可以生小孩了，」母親說，「這實在是太早了，妳甚至還沒滿十三歲呢。」我知道人們如何懷上小孩，因為我和父母同睡一間房，而且，從其他管道，你總是無可避免地就會知道這種事。不過，即便某種程度上我還是不懂，我仍然隨時都可以想像，在睡醒的時候，在我身邊找到一個嬰孩。我要叫她瑪麗亞寶貝，她將會是個女孩，我不喜歡男孩，我也不被允許和他們玩在一起。我只愛、仰慕艾特文，我只想嫁給他。但是你不能嫁給自己的哥哥，就算可以，他也不會要我。他經常這樣告訴我。人人都喜歡我的哥哥，我常想，他的童年非常適合他，我的卻不然。他擁有一個為他量身訂做的童年，和諧地隨著他成長；而我的童年，則是為

19 譯注：丹麥文的「Fælled」意思是「公共」，Fælledparken直譯就是「公共公園」，也稱「大眾公園」。

另一個女孩設計的童年，對她來說，這樣的童年應該也還可以。每次，我一有這樣的想法，我的面具就會看起來更蠢，因為我絕對不能和任何人提起這種念頭；而我總是夢想著，有一天我會遇見一個特別的人，他會願意聆聽我，也了解我。我在書裡讀過，我知道這一類人是存在的，但是在童年的街道上，我一個也找不著。

7

伊斯特街是童年的街，它的節奏永遠都會在我的血液裡跳動，它的聲音——在我們宣誓要忠於彼此的遙遠時代裡同樣的那一種聲音，永遠都會傳送到我耳裡。它永遠都是溫暖而明亮，充滿喜慶和令人興奮的，它完完全全籠罩著我，它的被創造，彷彿就是為了滿足我的需求，讓我獲得一個自由的人生。在這裡，小時候的我牽著母親的手，經歷了無數非常重要的事情，比如一顆蛋在伊爾瑪（Irma）超市是六厄爾，一磅人造奶油是四十三厄爾，而一磅馬肉是五十八厄爾。除了食物以外，其他的東西母親都會殺價，店家們絕望地摩擦著雙手，保證如果再這樣下去，他們就得倒店回家。此外，她還很奸詐地，膽敢把父親穿過的襯衫拿去換一件全新的。她也會走進一家店，排在隊伍最尾端，然後用尖銳的聲音大喊：「聽著，現在實際上是輪到我了。我確實已經等得夠久了。」我很享受和她在一起的時光，而我也仰慕她那屬於哥本哈根的勇氣和生存技能。在那些小咖啡館前，總是有失業人士徘徊。他們對母親伸手，但是她並沒有多餘的可以施捨。「他們至少可以留在家裡，」她說，「就像妳父親。」但是，當他不出門去找工作的時候，他失業坐在沙發上的景象，看了真叫人感到悲傷。我曾在一本雜誌上讀過這樣的詩句：「呆坐且凝視著，我父上帝創造的如此手藝精巧的兩個拳頭。」——這是一首關於失業的詩，它讓我想起父親。

在我認識露絲（Ruth）以後，伊斯特街才真正成為我在放學後至晚餐前那段時間裡，玩樂和逗留的街道。那時我九歲，露絲七歲。在一個星期天的上午，公寓大樓所有的小孩都被趕到街上去玩，好讓家長們在經過了一週磨損與沉悶的工作後，可以好好睡一覺，我和露絲互相留意到了彼此。那些較年長的女孩如往常般地在垃圾間的角落談論是非，而年紀較小的孩子們則在玩跳房子，那是一個我總是無法掌握的遊戲，我不是老踩到線，就是控制不住地讓應該懸空的那隻腳碰到地面。我永遠不懂這個遊戲的意義，並覺得這非常無聊。不曉得誰說，我被淘汰了，我無奈地靠牆站著。接著，前棟樓從廚房通往院子的樓梯間傳來急促的下樓梯聲，聲音一路傳到院子裡，一個小女孩跑了出來，她有一頭紅髮，綠色的眼睛，鼻梁上有棕褐色的雀斑。「妳好，」她對我說，咧開嘴笑得好燦爛，「我叫露絲。」我害羞且笨拙地自我介紹，因為沒有人習慣新來的孩子以如此歡快的姿態入場。大家都盯著露絲看，她卻彷彿沒有察覺。「我們要不要去買糖果啊？」

她對我說。我有點遲疑地朝家裡的窗戶望了一眼，接著就跟著露絲走，好多年過去，我一直跟著露絲，直到我們離開學校，彼此之間的差距逐漸顯眼為止。

我找到了一個朋友，這大量減低了我對母親的依賴，母親自然不喜歡露絲。她是領養兒。「領養兒都不會帶來什麼好事。」母親陰鬱地說，但是她並不禁止我和露絲玩在一起。露絲的父母是一對肥胖且醜陋的人，他們自己絕對生不出像露絲一樣可愛的人兒。她的父親是一名侍者，經常酗酒；她的母親非常胖，氣喘吁吁，總是為了一丁點的小事毆打露絲。露絲完全不在乎，她甩開一身的爪子，咚咚咚地從廚房後樓梯跑下來，咧開嘴笑，展示那一口閃亮的潔白牙齒，歡快地說：「那惡毒的婊子，我希望魔鬼把她帶走。」當露絲詛咒的時候，並不讓人覺得難聽或冒犯，因為她的聲音聽起來是如此的清脆與美好，就如同最小的山羊嘎啦嘎啦[20]，她的紅唇呈心形，上唇微微往上翹，她的眼神如漢子般勇敢，無所畏懼。她是我無法成為的一切，她要我做的所有事，我都會去做。她和我一樣，對玩耍沒多大興趣。她碰也不碰她的娃娃，至於娃娃車，當我們把一片木板往上擱的時候，她用來當跳板。但是我們不太常這樣玩，因為公寓管理員會跑過來阻止，要不然我們的母親也會出聲警告，她們透過窗戶清楚地監視著我們。只有在伊斯特街，我們才逃過了一切的監視，也是從這裡，我開始了我的犯罪行跡。露絲可愛且友善地認同，我沒有偷竊的本事。於是我只能轉移店員的注意力，而她那嬌小卻敏捷的身體，在我詢問店員何時會有泡泡糖的當

20 譯注：《三隻山羊嘎啦嘎啦》（*Little Billy Goat Gruff*，挪威文 *De tre bukkene Bruse*），挪威民間童話。故事的主角是三隻公山羊，牠們需要智勝貪婪的巨魔，才能過橋前往覓食地。

下，就能毫不猶豫地把東西拿到手。接著我們會跑去最靠近的樓梯間分贓。偶爾我們也會到店裡去，無止境地試穿鞋子或裙子。我們挑了最昂貴的那些，然後禮貌地說，我們的母親將會來付款，懇請她們把衣物留起來，能保留多久就保留多久。還未走到門口，我們已經忍不住爆笑了。

在我們漫長的友情歲月裡，我總是害怕露絲會看穿我。我害怕她會發現，我究竟是怎麼樣的一個人。我把自己化成她的回音，因為我愛她，也因為她是最勇敢的，然而在我內心深處，我始終還是我。在這條街以外，有我對未來的夢想，而露絲親密地屬於這裡，並且永遠無法與之分離。我覺得我欺騙了她，我假裝我們體內流著同樣的血液。我莫名地虧欠她，我的恐懼和我對她的罪惡感，一一加重了我的心理負擔，導致我們的關係變了調，也連帶著影響了我往後人生裡所有的親密與長期關係。

我們的偷竊行為戛然而止。某日，露絲完成了一件傑作：她將一整罐柳橙果醬順手牽羊，藏在大衣裡帶走。之後，我們吃到肚子都痛了。在過飽的狀態下，我們把剩下的果醬丟進其中一個垃圾桶。因為垃圾桶已爆滿，連蓋子都蓋不上，於是我們跳上去，坐在垃圾桶蓋上。忽然間，露絲開口說：「為什麼我一直是那個動手的人？這太說不過去了。」「跟班和小偷一樣有罪啦。」我驚恐地回應。「雖然這樣說，但是……」露絲抱怨地說，「妳偶爾也應該做點事。」我承認她的要求十分合理，帶著不安地答應她，下一次就輪到我。但是我堅持那必須在一個離家更遠一點的地方，於是我選擇了南大街（Sønder Boulevard）上一家看起來被遺忘的乳製品商店。露絲小心翼翼地打開門，拖著她長長的身影走進去，又或許，她拖著的是自己的良心。店裡空無一人，通往後面屋裡的門並沒有玻璃窗。櫃檯上有個玻璃大碗，裝滿了用紅綠相間鋁箔紙包裝的巧克力棒，二十五厄爾一個。我盯著它們看，臉色因緊張和驚慌而蒼白。我伸出手，然而它卻被無形的力量拉回去。我雙腳顫抖。「動作快一點！」露絲小聲地說，她望著裡面替我把風。於是那一隻無法偷竊的手，緩緩伸向玻璃大碗，一把抓了那些紅綠相間、在我眼前飛舞的巧克力棒，同時，一整個大碗從櫃檯上摔了下來。「白痴！」露絲驚呼，隨即就衝了出去；就在這個時候，屋裡的門砰一聲被推開來。一個白人女性快速地走出來，當她看到我如鹽柱般呆立，伸直的一隻手上抓著一條巧克力棒，她隨即驚訝地止步。「這是什麼意思？」她說，「妳在這裡幹什麼？妳看看，碗破了！」她彎下身把玻璃碎片撿起來，而世界並沒預想中那樣，在我周遭崩壞瓦解，我不知道該抓住些什麼。我希望，此時此地，世界毀了。我所感受到的一切，是一種滾燙的、無止境的羞愧。刺激和冒險都過去了，我只是一個普普通通的小偷，當場被抓個正著。「妳至少也應該道個歉，」女人把玻璃碎片拿去丟時，這樣說，「真是一個冒失鬼。」

一路到英和瓦街（Enghavevej），露絲站在那裡狂笑，直到她笑出眼淚來。「妳真是一個超級白痴，」她脫口而出，「她說了些什麼嗎？妳為什麼不跑？什麼？妳居然還拿著巧克力？我們去公園裡吃吧。」「妳真的要吃？」我疑惑地問，「我覺得，我們應該把它丟到樹下。」「妳瘋了嗎？」露絲問，「這麼棒的巧克力！」「但是露絲，」我說，「我們以後再也不要這樣了，好嗎？」於是我這小小的朋友問我是不是變得聖潔了，並且，在公園裡，她在我眼前大口吃著巧克力。此後，小偷們不幹了。露絲不願意獨自行動，而每當母親叫我去城裡買東西時，我會故意大聲地走進店裡。如果等了一陣子店員都還沒出現，我就會站得離櫃檯遠遠的，雙眼盯著天花板；當女店員出現時，我滿臉通紅，壓抑著自己想要把口袋翻出來給她看的慾望，以證明自己並沒有偷竊。這件事情增加了我對露絲的愧疚，也讓我害怕因此失去珍貴的友情。所以後來當我們進行其他被禁止的遊戲時，我表現得更大膽，比如在英和瓦街高架橋底下，成為最後在火車前穿越鐵軌的那一個。有時我會被火車蒸汽的衝力推倒在草堤上，大口喘氣。當露絲說：「老天！妳剛剛差點就翹辮子了！」對我來說，僅僅如此，就是獎勵了。

8

秋天，暴風把屠夫店外的招牌吹得吱吱作響。英和瓦街上的樹木葉子都快要掉光了，落葉幾乎遮蓋了大地，黃色和紅褐色相間的地氈，很像母親的頭髮，當陽光照耀在她髮絲上時，你才會發現它並不是全黑的。失業人士受凍，但是依舊挺著背脊站好，雙手深埋在口袋裡，齒間咬著熄滅的菸斗。街燈剛被點起，月亮偶爾會在互相追逐、隨風飄動的雲層間露個臉。我總覺得，月亮和街道就像一對有著神祕默契的姐妹，她們一起終老，再也不需要以任何言語來互相溝通。我們走在那轉瞬即逝的暮色中，露絲和我，很快地，我們就得離開街頭，這讓我們迫切地期待，一天結束之前，將會發生些什麼事。我們走到了加斯維加斯街（Gasværksvej），通常會在這裡轉彎，露絲說：「我們再往下走，去看看妓女們吧。她們當中肯定有一些已經開始出沒了。」妓女是為錢而做的女人，這對我來說比免費做更合理。露絲是這樣告訴我的。我覺得妓女這個詞太粗俗，我在一本書上找到「歡場女子」，這聽起來就比較甜蜜和浪漫。露絲告訴我有關這類事的一切，在她眼裡，大人們完全沒有祕密。她也告訴我疥瘡漢斯和長髮姑娘之間的事，而我真的不懂，對我來說，疥瘡漢斯是個老頭。再說，他已經有了美麗莉莉，一個男人可以同時愛著兩個女人嗎？對我來說，大人們的世界還是相當神祕的。伊斯特街對我來說是一個平躺著的美女，而她的一頭長髮一路延伸至英和瓦廣場（Enghaveplads）邊緣。一雙腿在加斯維加斯街這裡分開，形成了界線，一邊是正經人家，另一邊則是墮落的人們，而如雀斑般散落在腿上的，有熱情好客的旅館，以及明亮吵雜的酒吧，那裡，警車稍晚的時候總會過來接那些醉得不像話、愛鬧事的犧牲者。這是聽艾特文說的，他比我大四歲，因此可以在外遊蕩到晚上十點鐘。我非常仰慕艾特文。他穿著青年體育協會（ＤＵＩ）[21]的藍色上衣回家，和父親聊著政治話題。近來他們兩個對薩科（Sacco）和范澤狄（Vanzetti）事件[22]感到非常憤怒，他們兩人的照片在海報柱子上和報紙上直瞪著你看。他們黝黑的異國臉孔看起來很俊美，我也對他們即將為不曾犯過的罪行而被處決感到不忍。但是我不至於像父親那樣沮喪，當他和彼得姨丈討論這事時，他大喊大叫，猛搥著桌子。他和父親與艾特文一樣，都是社會

21 譯注：青年體育協會（ＤＵＩ，De Unges Idræt的縮寫），成立於一九〇五年十一月十日，成立宗旨是為工人階級的孩子們提供參加體育運動的機會。

22 譯注：這裡指的是一九二〇年在紐約華爾街的爆炸事件，兩名義大利移民薩科和范澤狄在遭逮捕並進行審判後，儘管沒有確切證據，仍被送上電椅。他們的案件被廣泛認為是不公正的。

民主主義者，但是他並不認為薩科和范澤狄會有更好的命運，因為他們畢竟是無政府主義者。「我才不在乎，」父親拍桌大吼。「司法誤判就是司法誤判，即使它牽涉了保守黨！」這在我的理解裡，是一個人能幹的最壞的事。最近，我問父親我能不能加入小兵俱樂部（Ping Klubben）[23]，因為我班上的女同學都是會員，父親帶著怒意望向母親，彷彿我是母親政治意識方面長期薰陶下的犧牲者，他說：「妳看，媽咪，現在她成了反動者。我們家裡早晚會出現《貝林時報》（*Berlingske Tidende*）[24]！」

火車站附近的人生是熱鬧非凡的。醉漢互相搭肩，腳步踉蹌地四處唱著歌，查爾斯酒吧滾出一個胖子，他的光頭跌撞在石板地上好幾次，最後一聲不響地躺在我們腳下。兩名警察走到他身邊，狠狠地踹了他一腳，這讓他發出了可悲的叫聲。當他企圖再次回到那邪惡的洞穴時，他們粗暴地拽他站起來，一把推開。他們沿著街道走下去，露絲把手指塞入口中，朝他們吹了一聲長長的口哨，這是讓我羨慕的一個技能。在黑爾戈蘭特街（Helgolandsgade）外，聚集了一大群大笑吵鬧的小孩。當我們走到那裡的時候，我看到捲髮查爾斯（Charles），他站在車道正中央，正在把熱氣騰騰的馬糞往嘴裡塞。他同時還唱著一首難以形容的下流歌曲，逗得孩子們大笑，並鼓勵地對著他大喊，希望他能帶給他們更多娛樂。他發瘋似地翻著白眼。我覺得他既悲慘又詭異，但是為了露絲，我假裝他也給我帶來了歡樂，因為她大笑著，彷彿在跟其他孩子比賽誰的笑聲最大聲。至於妓女，我們只看到一、兩個又老又胖的女人，她們

23 譯注：《彼得與小兵》（*Peter og Ping*）是丹麥非常受歡迎的漫畫，貝林時報媒體公司（Det Berlingske Hus）於一九二七年成立小兵俱樂部，吸引了許多小孩加入會員。

24 譯注：丹麥歷史最悠久的報紙之一，一七四九年創刊，保守黨所支持的報紙。

用力地擺動著屁股，試圖吸引緩慢開車經過的群眾的注意力，卻徒勞無功。這讓我非常失望，因為我以為她們都會像凱蒂一樣——露絲也告訴了我凱蒂夜間在城裡的活動。回家的路上，我們穿過雷瓦爾斯街（Revalsgade），那裡曾經有一個老雪茄商被謀殺。我們也停留在馬修斯街（Matthæusgade）一間詭異的屋子前，瞪著三樓一個窗戶看；去年，窗戶內有個小女孩被「紅色卡爾」殺死了，他是我父親在奧雷斯塔德發電廠（Ørstedsværket）一起工作的一個司爐工。我們都不敢在晚間獨自經過那棟房子。回到家，公寓樓下大門，潔姐和水管工緊緊地擁抱著，在黑暗中完全無法區分他們的身影。我屏住呼吸，直到離開院子，因為那裡總是充斥著啤酒和尿液的臭味。當我走上階梯時，我的胸口彷彿被什麼沉重地壓著。性別錯誤的一面[25]公開地對我張口呵氣，次數越來越頻繁，以往，我心裡那些不成文的、顫抖的話語總能掩蓋它，然而最近卻是越來越困難了。在我經過的時候，潔妲隔壁的門輕輕地打開，保羅生（Poulsen）太太示意叫我進去。根據我母親的說法，她是個「窮淑女」，然而我知道，一個人不可能貧窮但又是淑女。她有一個房客，母親鄙視地說他是一個「英俊的公爵」，雖然他只是一名郵差，但對待保羅生太太的方式如同合法妻子，不過他們並沒有小孩。露絲告訴我，他們以夫妻的身分一起生活。我有點不情願地接受了她的邀請，走進一個看起來跟我們家一模一樣的客廳，除了一架缺少很多琴鍵的鋼琴。我坐在一張椅子的邊緣，保羅生太太坐在沙發上，她灰藍色的眼睛裡充滿了好奇。「告訴我，托芙，」她甜甜地說，「妳知道，有很多男士來拜訪安德生小姐嗎？」我立刻讓

25 譯注：年幼的作者生活裡充滿許多有關「女性的次等社會地位」這類訊號，讓她覺得身為女人是「錯誤的性別」。

眼神放空，故做愚蠢，同時讓下顎微微下垂。「不知道啊，」我偽裝驚訝，「我想沒有吧。」「但是妳和妳母親經常到那裡去啊。妳想想看，妳真的沒看過她屋裡有任何男士嗎？晚上也沒有嗎？」「沒有啊。」我說了謊，我被這個女人嚇壞了，我害怕她會傷害凱蒂。我母親已經禁止我拜訪凱蒂了，母親只有在父親不在家的時候才會過去。保羅生太太無法從我這裡得到任何消息，於是冷漠地讓我離開。幾天以後，公寓大樓裡傳遞著一份請願書，為此，父親和母親在上床睡覺時大吵了一架，他們以為我睡著了。「我會簽名的，」父親說，「為了孩子們。我們至少可以保護他們，不讓他們目睹這種糟糕的東西。」「這些賤女人，」母親憤怒地說，「她們只是嫉妒她年輕、漂亮且快樂。她們也不喜歡我啊。」「別拿妳自己和那婊子比較，」父親咆哮地說，「雖然我沒有穩定的工作，但是也從來不需要妳自己賺錢糊口，妳可別忘了！」這聽起來好可怕，感覺這爭吵完全是為了別的事——他們無言以對的事。很快地，那一天來臨了，凱蒂和她母親在街邊，坐在她們那些豪華家具上，彷彿警察那般來回踱步看守著家具。凱蒂鄙視地看了所有人一眼，撐起她那把精緻的雨傘擋雨。她對著我微笑說：「再見了，托芙，妳要好好照顧自己。」稍後，她們隨著搬家卡車離開了，從此，我再也沒有見過她們。

9

家裡發生了可怕的事情。農民銀行（Landmandsbanken）破產了，外婆失去了她所有的積蓄——她這一生存起來的五百克朗。這是一件齷齪的事件，只有小存款戶被影響。「那些富有的豬，」父親說，「他們鐵定有辦法把錢要回來。」外婆可憐地哭泣著，她用雪白的紙巾擦乾哭紅的眼睛。有關外婆的一切都是乾淨、整潔、恰如其分的，她身上長期有洗衣店的味道。那些錢是她的葬禮費用，她經常都在想著這件事。她加入了葬禮儲備金計畫，我曾經以為她說的是「棺木計畫」[26]，這件事她始終沒忘。每次一想到這事，她就會大笑不已。我非常喜歡外婆，她不像母親那樣讓人感到害怕。

我也可以獨自去探訪她，因為她的允許，母親並不敢違抗她的意願。母親曾經告訴我，她懷我的時候，外婆對她非常生氣，因為外婆覺得他們已經有一個兒子了，實在沒有理由再要其他小孩。現在外婆不知道，她如何能夠體面地入殮，因為我們沒有錢，跟著那個醉鬼過生活的蘿莎莉亞阿姨也沒有錢，彼得姨丈算是富裕，但他是出名的吝嗇鬼，沒有人會妄想他願意為岳母的葬禮付錢。外婆今年七十三歲，她覺得她時日應該也不多了。她比母親還瘦小，體型像個孩子似的，總是從頭到腳都穿著黑色的衣物。她把全白、如絲般柔軟的頭髮全都盤在頭上，行動如少女般壯健。她住在一間一房公寓裡，只靠養老金糊口。我探訪她的時候，她會為我準備塗滿真

26 譯注：丹麥文的「儲備金」，和「箱子」是同一個字「kasse」，年紀還小的作者因而產生誤會。

正奶油的黑麥麵包，我總是用牙齒把麵包上的奶油都推到一邊，直到奶油都擠在最後一口麵包上，再一口吃下去，那味道美妙極了，我在家裡從來沒吃過那麼好吃的味道。艾特文開始當學徒以後，每個星期天都會去探望她。她會給他一克朗，因為他是家裡唯一的男丁。三個表姐和我什麼也得不到。每次我在外婆家，她都會請我唱歌，她想要聽聽我的音準是不是能比上一次更好。「這個幾乎標準了。」她雀躍地說，雖然我自己可以聽到從嘴裡發出來的聲音，完全不像腦海裡想要唱出的音調。外婆沒有叫我說話的時候，我不能主動開口，但是她喜歡告訴我很多事，而我也很愛聽她說。她告訴我那段非常可怕的童年，她有一個後母，幾乎分分秒秒都為了一些芝麻小事而把她打得半死。然後她去當女傭，再後來跟外公訂婚。外公叫文杜斯（Mundus），在還沒有開始酗酒以前，他是客車製造工人。「咆哮的酒鬼」，鄰居們都這樣叫他，他上吊自殺以後，外婆只好出去洗衣服，勉強維持生計。「但是我的三個女兒都還算過得不錯啊。」她自豪地說。有一次我叫著說，我希望能認識外公，她說：「他到死都是好看的，但卻是一個沒心肝的流氓！如果我願意，我可以告訴妳很多事情。」之後，她卻緊緊抿著兩排無牙的牙齦，什麼也不肯再說了。我想著「沒心肝」這個詞，害怕我像外公。我經常有一種惱人的感覺，我想我沒辦法對任何人有任何實際的情感，當然，露絲除外。某日，我在外婆家，想要唱首歌給她，我說：「我在學校學了一首新歌。」我坐在她的床上，以一種走調、顫抖的聲音唱了一首我寫的詩給她聽。那是一首非常長的詩，寫的是關於「亞爾瑪（Hjamar）和胡爾達（Hulda）」、「耶爾恩（Jørgen）和漢斯娜（Hansigne）」以及母親所有的民謠裡關於兩個無法廝守的情人，只是在我的版本裡沒那麼悲慘，有以下詩句：

年輕且豐盛的愛情，
以千條絲帶把他們緊緊捆綁。
新娘床就在綠草如茵的溝邊，
又有什麼關係呢？[27]

當我唱到這裡，外婆皺著眉頭，她站起來用手撫平了連身裙，彷彿為了預防讓人不自在的皺痕。「這不是一首好聽的歌，托芙，」她嚴厲地說，「妳真的是在學校學的？」我心情沉重地和她保證，因為我原以為她會說：「這真是一首美麗的歌啊，誰寫的啊？」外婆溫和地說：「他們必須先在教堂結婚，然後才能在一起。不過，妳當然不知道這些事。」啊，外婆！我知道的比妳想像中的多，可是，之後我便安靜，不再提起這些事了。我心裡想的是，我幾年前已驚訝地發現，父母在艾特文出生那一年的二月舉行婚禮，而艾特文的生日在四月。我問母親，這究竟是怎麼一回事啊，她馬上說：「妳知道嗎？第一胎是不會懷超過兩個月的。」接著，她和艾特文大笑，而父親則擺出一副陰沉的臉。大人最糟糕的行為是，我覺得，他們永遠不會承認，他們一生中總會犯過錯，或者做了不負責任的行為。他們總是很快地去批判他人，然而卻從未審判自己。

我們家其他的親戚，只有在我和父母一起的時候，或者至少和母親一起時才會見到。蘿莎莉亞阿姨跟外婆一樣住在阿瑪島。

27 譯注：年幼的作者企圖以這首詩描寫對年輕人愛情的想像，或許也帶著一點對愛情的渴望。其中「新娘床就在綠草如茵的溝邊，又有什麼關係呢？」描寫自由而不受束縛的愛情，「新娘床」有性暗示，暗喻年輕情侶激情地在野外進行親密行為，因此引起外婆的不快。

我只去過她家一、兩次，因為卡爾（Carl）姨丈——我們稱呼他為「酒瓶子」——老是坐在客廳喝著啤酒自艾自怨，被小孩看到了很不恰當。他們的客廳和大多數人的差不多，餐具櫃靠著一面牆，另一面牆前擱著沙發，而在它們之間有一張桌子和四張高背椅子。和我們家一樣，在餐具櫃裡有個黃銅托盤，托盤上有咖啡壺、糖碗和鮮奶油壺，它們從未被使用，只是在所有節慶時被擦得光亮。蘿莎莉亞阿姨替瑪格星百貨公司（Magasin）做縫紉工作，經常在下班回家的路上來探望我們。她把必須縫紉的衣服用一大張羊駝毛巾包起來，扛在手臂上，待在我們家的那段時間裡，從未放下。她只會坐「片刻」，帽子也沒脫下，彷彿要作為她最終還是待了好幾個小時才離開的反證。她和母親總是聊著她們年輕時的事，而我因此知道了許多我不應該知道的事。比如有一次，因為父親毫無預警地回家，母親把一個理髮師藏在她房間的衣櫃裡。如果母親沒有成功遊說父親再次出門，理髮師恐怕就窒息而死了。還有許多類似的故事，總是讓她們由衷地大笑。蘿莎莉亞阿姨只比母親年長兩歲，而奧妮特阿姨則比她大八歲，所以不曾和她們一起度過青春期。她和彼得姨丈經常過來和父母玩牌。奧妮特阿姨十分聖潔，每次有人在她附近說髒話，都會讓她覺得難受，她的丈夫經常為了要惹怒她而這樣做。她又高又胖，彼得姨丈戲稱為「陽臺」的大胸脯上掛著一個達格瑪十字架（Dagmarkors）。如果我相信父母的話，他應該是一個惡毒且狡猾的人，然而他對我總是非常友善，所以我並不相信他們。他是個木匠，因此他永遠不會失業。他們住在奧斯特布羅（Østerbro）一間三房公寓裡，客廳是冰冷的，有一台鋼琴，而他們只有在平安夜才會使用客廳。據說，彼得姨丈繼承了一筆鉅款，他把錢存在幾家不同的銀行以便逃稅。他任職公司裡的職員有時受邀到別家公司參訪，當天所有開銷都由對方招待。有一次，他們去拜訪圖博格（Tuborg）酒廠，他喝了太多酒，以致於隔天必須到醫院去洗胃。又有一次，他們去拜訪英尼賀（Enigheden）乳製品廠，他喝了巨量的牛奶，導致他接下來病了整整八天。要不然，他平日一般只喝水。

我的三個表姐都長得非常醜。每天晚上她們圍繞著餐桌坐著，無止境地編織。「但是她們也不太聰明，」父親說，「他們偌大的公寓裡一本書也沒有。」父親和母親還毫不掩飾地認為，比起這三個女孩，我們長得更好。彼得姨丈之前也結過一次婚，有一個女兒，只比我母親年輕七、八歲，她的名字叫埃絲德（Ester），是個身形高大的女人，走路時腳步快速擺動，身體前傾。她的眼睛看起來就像隨時能奪眶而出。當她來探望我們的時候，總是把我當成嬰兒那樣說話，同時親我的嘴巴，這讓我覺得超級噁心。「親愛的。」她這樣叫我母親，她晚上跟母親一起出門，這讓父親不太高興。有一次她們要去參加人民會堂主辦的嘉年華慶典，在她們化妝時，我幫她們端著鏡子，我覺得母親有如「夜間皇后」般，非常美麗；埃絲德則像是「十八世紀的車夫」，從泡泡袖裡伸出來的手臂都是濃密的捲毛。她們動作必須快一點，因為父親就快要到家了。母親撐著黑色的蓬蓬裙，上面有數百個閃亮的金屬片，就如她脆弱的歡樂一樣，那麼容易就剝落。就在她們要出門的那一刻，父親下班回家了。他瞪著母親的臉說：「嘿，妳這個老稻草人。」她沒有搭話，但是一聲不響地經過他身旁，隨著埃絲德離開。父親知道我聽見了他說的話，他坐在我面前，在他那友善且帶著哀傷的眼睛裡有著不確定。「妳長大以後想做什麼？」他尷尬地問。「夜間皇后。」我邪惡地回應。因為，如同往常地，這一個「迪特萊弗」再次破壞了母親的歡樂。

10

我升上了初中，世界因此而開始擴大了。父母讓我繼續上學，因為他們發現，當我有天得離開學校的時候，也不過十四歲。而且，他們讓艾特文受教育，覺得不應該讓我如影子般被忽略。另外，我也終於被允許去圖書館。我去了位於瓦爾德馬街（Valdemarsgade）的社區圖書館，那裡有童書區。母親認為，如果我繼續閱讀寫給大人讀的書，將會變得更怪異；父親並不認同，但是他什麼也沒說，因為我是母親的責任，無論如何，他可不敢違抗這個世界的秩序。當我第一次走進圖書館時，看到全世界的書都聚集在這樣一個地方，驚訝得說不出話來。童書區的管理員名叫赫嘉・摩勒普（Helga Mollerup），附近許多孩子都認識她，也很愛她，因為如果家裡沒有暖氣和燈光，她會允許他們待在閱讀室裡到傍晚五點，直到圖書館關門為止。他們在那裡寫作業或翻讀裡頭的書，摩勒普小姐只有在他們開始吵鬧的時候，才會把他們轟出去，因為在圖書館必須和在教堂一樣保持安靜。她問我今年幾歲，接著找出一些她認為適合十歲左右小孩閱讀的書。她的個子高瘦，長得漂亮，有著一雙靈動的黑眼睛。她的雙手大而美麗，我以敬仰的態度觀賞它們，因為據說她甩起巴掌來比一些男人更狠。她的穿著很像我的班主任克勞森（Klausen）小姐——非常長且平滑的裙子，白色低領上衣。但是和克勞森小姐相反的是，她並沒有對孩子們充滿無可抵抗的厭惡感；正好相反。她把我帶到一張桌子旁，把一本童書放在我面前，我已經忘了書名和作者了。我讀著：「『爸爸，黛安娜（Diana）得到了一隻小狗』，話未說完，一個苗條的十五歲少女衝進房間裡，前面提到的官員就在裡面……」之類的文字。我把書翻了又翻，我沒有能力閱讀它。我感到悲傷和一種難以承受的無聊。我不懂，文字，這樣一種優美且細膩的媒介，可以如此可怕地被濫用，又或者，這樣粗糙的句子，怎麼可以存在圖書館內的一本書裡；而像摩勒普小姐這樣一個睿智又迷人的女士，居然還推薦無辜的孩子閱讀它。這些想法我當下當然不可能說出來，於是我僅僅說，這些書都很沉悶，我比較想讀撒迦利亞·尼爾森或威廉·伯格森（Vilhelm Bergsøe）[28]的作品。但是摩勒普小姐說：「童書都是這樣，妳得有耐心地讀下去，等到情節慢慢展開以後，這些故事都會變得很精彩。」只有在我堅持要走進大人讀的文學作品的那一排書架，她才讓步，她好奇地問我想讀什麼書，她會幫我拿來，因為我不能進去成人的書籍區。「一本維克多·胡果的書。」我說。「是『雨果』。」她笑著說，並拍了拍我的頭。雖然她糾正我的發音，我並不覺得難堪，但是當我帶著《悲慘世界》回到家裡，父親認可地說：「維克多．胡果，他很不錯！」我鄭重且說教似地說：「爸爸，您的發音錯了，是『雨果』。」「我管他叫什麼，」他平靜地說，「這些名字怎麼拼就怎麼發音，其他的都是在找碴。」無論任何看法，只要不是來自與我們住同一條街的鄰居，不管我如何跟父母說，都沒有用。有一次，學校的牙醫請我回家跟媽媽要求買一支牙刷給我，而我蠢得真的跟母親說了，母親大聲地說：「妳去跟她說，她可以自己去買牙刷給妳！」當母親牙痛的時候，她先是自己忍受了一星期左右，屋裡四處都可以聽到她絕望的哀號，接著她聽了同一棟樓某個鄰居女人的建議，把蒸餾酒倒在一小塊棉花，

28 譯注：一八三五年～一九一一年，丹麥昆蟲學家，因眼疾放棄昆蟲學家的事業，全身投入寫作事業，作品包括小說與詩。

放在那顆蛀牙上，就這樣又過了幾天，還是沒改善。然後她穿上最美麗的衣服，慢步走到韋斯特布羅街（Vesterbrogade）上我們健保醫生的診所。他用鉗子把牙拔出來，她才終於獲得平靜。牙醫根本沒有登場過。

在初中時期，女生們都穿得比較好看，鼻尖也不會像小學生一樣一直掛著鼻涕。也沒有人有頭蝨或兔唇。父親曾經說過，我現在的同班同學都是「上流人家的孩子」，但是我絕對不能因此而看不起家裡。事實也是如此。同學們的父親多數是工匠，而我說父親是「機械管工」，因為這聽起來比司爐工高級一點。班上最美的女孩，她的父親是加斯維加斯街上一家理髮店的老闆。她叫埃蒂絲・斯諾爾（Edith Schnoor），談吐之間總是顯露純粹的優越感。我們的班主任是瑪迪亞生（Mathiassen）小姐，一個嬌小、活躍的女士，她看起來非常享受教書的工作。和克勞森小姐、摩勒普小姐，以及我舊學校的校長（那個長得像巫婆的女人）一樣，她給我一個印象，只有平胸的女人才能讓自己在工作上受重視。除了母親以外，街上許多太太們都有巨大的胸部，她們走路時都會刻意挺胸的原因是什麼呢？瑪迪亞生小姐是我們唯一的女教師，她發現了我喜歡詩，在她面前我完全無法裝笨。我只能在自己不感興趣的課裝笨，但是那些課實在是太多了。我只喜歡丹麥文課和英文課。我們的英文老師姓達姆斯果（Damsgaard），很容易生氣。他拍打桌子說：「我對天發誓，我一定要把你們教會！」這個誓言他說了很多次，再這樣下去，他可以改名為「對天發誓」了。有一次，他朗讀一個有點難度的句子，接著叫我重複。句子大約是這樣的：「有關您的詢問，我這裡可以特別向您推薦位於沃本廣場十一號的民宿。去年冬天，我的一些朋友曾在那裡寄宿，並給予高度評價。」他稱讚我正確的英語發音，為此，我永遠忘不了這個愚蠢句子。

班上所有女同學都有詩本，而當我跟母親吵了很久以後，我終於也得到了一本。褐色封面上，用金色字體寫著「詩歌」。我讓幾個女同學在裡頭寫她們常寫的詩句，偶爾我也把自己的詩寫在本子裡，底下還標明日期和我的名字，以確保後人將非常肯定地知道，我是一個特別的小孩。我把本子藏在臥室裡五斗櫃的一個抽屜裡，上面疊著一堆毛巾和抹布，一眼望去應該是安全的。然而，某個晚上，艾特文和我獨自在家，因為父親和母親出門去和阿姨、姨丈打牌。艾特文通常晚上會出門，但是自從他開始當學徒以後，晚上總是很累。「那地方很糟糕。」艾特文說，他一直哀求父親批准他找個新地方當學徒。然而他的請求卻是徒勞的，於是他大吼，威脅地說他要離開家去航海等等。父親也開始大吼大叫，母親支持艾特文，也參與了這場爭執，於是客廳裡的劇烈吵架聲幾乎足以掩沒樓下長髮姑娘家的吵鬧聲。這都是艾特文的錯，如今幾乎每個晚上客廳裡的平靜都被破壞，有時我真的希望他遵守自己的話，離家航海去。如今，他坐著，暴躁且自我封閉地翻閱著《社會民主報》，牆上的鐘滴滴答答地打破了寧靜。我寫著作業，我們之間的沉默讓我感到焦慮不安。他用那雙充滿深意的深色眼睛瞪著我看，眼神忽然間和父親一樣憂傷。他忽然說：「妳不是該死地該去睡覺了嗎？在這個他媽的家裡，我永遠沒有屬於自己的空間！」「你可以到臥室裡去。」我有點委屈地回答。「去就去。」他嘀咕，一把抓了報紙走進臥室，狠狠地把門甩上。稍後，我有點驚訝且不安地聽到房內一陣大笑聲。有什麼那麼好笑？我走進去，卻整個被嚇得愣住了。艾特文坐在母親的床上，手中捧著我那可憐的詩本。他笑得整個身體都縮成一團。我因羞愧而火紅著臉，向前走近，把手伸向他。「給我！」我跺著腳說，「你沒有權力把它拿走！」「我的天啊！」他喘著氣縮捲著身子大笑。「這真的太好笑了，妳真是個騙子。聽好！」他大聲朗讀，偶爾還被自己的笑聲打斷：

你還記得嗎？從前我們飄流，
在那安靜、清澈的激流。
海面上倒映著月光，
一切如夢般美妙。

忽然間，你擱下了槳，
船兒悄悄地靜止。
你沉默不語，然而親愛的，
我看見了你眼裡的愛。

你以強壯臂彎擁抱我，
充滿愛意地親吻我。
我永遠、永遠都無法忘懷，
完美的這一剎那。

「啊！啊！哈哈！」他躺著繼續大笑，淚水從我眼裡奪眶而出。「我恨你，」我大喊，用力往地上跺著腳，「我恨你！我恨你！我希望你掉入水泥坑裡！」說完這最後的話，我正要衝出房，艾特文瘋狂的笑聲忽然毫無預警地轉變為另一種聲響。我在門邊轉過身來，看到艾特文趴在母親的條紋被子上，臉孔埋進了他的臂彎裡。我那珍貴的本子掉落地上。他傷心且失控地大哭，我被嚇壞了。我遲疑地、慢慢走近床邊，但是不敢碰他。我們從未這樣觸碰對方。我用袖子擦乾自己的眼淚，說：「我說說而已，艾特文，關於水泥坑，我根本不知道那是什麼。」他繼續大哭，不發一語，忽然間，他轉過身來，用一種絕望的眼神看了我一眼。「我恨師父和其他的工匠，」他說，「他們一整天都在揍我，我永遠學不會替車子噴漆。我只能替他們所有人遞啤酒。我恨父親，因為他不讓我換個地方當學徒。等我終於回到家，卻不能獨自靜一靜。這裡沒有一個屬於我自己的角落。」我低頭看著我的詩本，說：「我也沒有屬於自己的角落。父親和母親也沒有，他們也沒有可以單獨相處的時候。當他們──當他們──」他訝異地看著我，終於停止了哭泣。「是的，」他傷心地說，「我倒沒有這樣想過啊。」他站起來，有些懊惱讓妹妹看到了他軟弱的一刻。「嗯，」他粗著嗓子說，「等我們長大獨立離開家以後，一切都會變好的。」我贊同他。我走到飯廳去數雞蛋，我拿了兩顆，把剩下的雞蛋稍微移動，讓它們看起來還剩不少。「現在，我要替我倆製作蛋酒。」我對著客廳大喊，並且開始準備。這一刻，我比從前更喜歡艾特文，多年來，他總是疏離的，儘管他是如此的完美、俊俏和開朗。那個看起來完全不會為任何事而傷心難過的艾特文，其實非常缺乏人性。

11

潔妲要生小孩了，水管工卻行蹤不明。露絲說：「他有妻有子，我絕對不會和已婚男人有任何瓜葛。」我也無法想像，我會和單身男人有任何關聯，但是我自己知道就好了。母親說，如果我有一天帶著一個小孩回家，她會把我逐出家門。潔妲沒有被趕出家門。她離開了每週可以賺取二十五克朗的工廠，挺著大肚子，每天在家吟歌歡唱，遠遠地就可以聽到她的歌聲，確保大家知道她的心情並沒有受到影響。她那金黃色的辮子早就被剪短了，於是我在心裡不再叫她長髮姑娘了，儘管在童話裡，當瞎眼的王子在沙漠裡找到她的時候，長髮姑娘生下了一對雙胞胎。這件事非常恰如其分卻又輕描淡寫地存在著，幾乎會讓人忽略，而我小時候，根本沒有想過這究竟是如何發生的[29]。去年，公寓管理員的女兒奧爾嘉（Olga）跟一個軍人生了一個小孩，但是軍人也消失無蹤了。不過她已經滿十八歲了，後來嫁給了一名警察，而警察不在乎孩子的父親是誰。當我看到挺著大肚子的女人，我會非常努力地只盯著她們的臉，但是在她們臉上，我總是找不到那種超然的幸福感，如約翰尼斯・威廉・延森（Johannes V. Jensens）[30]詩裡描述的：「在我膨脹的乳房裡，懷一個甜蜜而焦慮的春天。」她們眼裡沒有任何顯著的情感，有一天，當我懷著一個孩子的時候，我的眼裡肯定會有那種情感。我必須在散文集裡尋找這些，因為父親不喜歡我從圖書館

29 譯注：這裡指的是格林童話故事裡《長髮姑娘》（*Rapunzel*）懷孕生子一事。

30 譯注：一八七三年～一九五〇年。被認為是二十世紀丹麥最偉大的作家，一九四四年諾貝爾文學獎得主。作品包括詩、雜文、小說和短篇小說。

裡把一本本詩集帶回家。「矯情，」他輕蔑地說，「這些文章跟現實人生一點關係也沒有。」我從來就不喜歡現實人生，而我也從不把它寫進詩裡。當我閱讀赫曼・邦（Herman Bang）[31]的《在路上》（*Ved vejen*），父親用手指夾起書，非常厭惡地說：「妳不能讀他的書，他不正常！」我知道不正常是非常恐怖的事，我自己非常艱難地假裝我是一個正常人。關於赫曼・邦也不正常的這件事，讓我感到欣慰。我在閱讀室裡把這本書讀完。當我讀到結尾時，我哭了：「在墓碑的草坪上睡著，可憐的瑪莉安娜（Marianne）。來吧，女孩們，為可憐的瑪莉安娜，哭泣。」我要寫這樣的詩句，每一個人都讀得懂的詩句。父親也不讓我閱讀安妮絲・漢寧森（Agnes Henningsen）[32]，因為她是「公眾女人」，但是他卻不願意費時解釋那是什麼意思。如果他看到我的詩集，肯定會把書燒掉。自從艾特文找到詩本並加以嘲笑，我一直隨身帶著詩本，白天放在書包裡，不然就是藏在褲子裡，鬆緊帶可以防止詩本掉出來。晚上我會把詩本放在床褥底下。順帶一提，艾特文後來說，他其實覺得那些詩很不錯，只要作者另有其人。「當你知道詩裡寫的都是謊言，你也只能笑死而已。」我因為他的誇張而感到快樂，至於謊言什麼的，並不困擾我。我知道，有時候你必須藉由撒謊來揭露真相。

自從凱蒂和她母親被趕走以後，搬來了新的鄰居。那是一對年紀較長的夫妻，他們有一個女兒，名叫玉德（Jytte）。她在一

---

31 譯注：一八五七年～一九一二年。記者、作家、評論家。他是同性戀者，以致於他在丹麥的生活彷彿與世隔絕，也讓他成為當時道德醜聞中的受害者。

32 譯注：一八六八年～一九六二年。丹麥作家和性自由解放活躍分子。作品集中在愛情與性，正如她的生活。她與赫曼・邦亦為好友。

家巧克力店上班。當父親上夜班的那些晚上，她常常來我們家。而她和母親在一起時非常歡樂，因為母親總是和比自己年輕的女性相處得很好。玉德會帶巧克力來給艾特文和我，我們非常享受地吃著，儘管父親說那肯定是偷來的。玉德的慷慨隨即帶給了我驚嚇。有一天，放學回到家後，母親說：「怎麼樣？妳今天的午餐是不是很棒？」我滿臉通紅，吞吞吐吐，根本不知道如何回答。我總是把午餐原封不動地丟掉，因為母親是用報紙打包，而其他同學的午餐都是用烘焙紙包起來的——但母親在這件事上絕對不會屈服，所以說了也沒有用。「是啊，」我有點猶豫地說，「午餐真不錯。」「我真想知道，那真的是偷來的嗎？」母親滔滔不絕地說，「老闆應該會留意吧。」於是我明白了，那天的午餐裡放了巧克力，我很快樂，因為那是愛的象徵。非常奇怪啊，母親從未發現我說謊；另一方面，她也幾乎不相信真相。我覺得，我的童年很多時候都在鑽研母親的個性，然而她一直是如此的神祕和難以預測。最糟糕的是，她可以多日被激怒似的對你生氣，持續不和你說話，也不在乎你是否有話要說，而你永遠不會知道自己哪裡得罪了她。她也是如此對待父親的。有一次，她一直嘲弄艾特文，因為他和女生玩在一起，父親說：「啊！女生也是人啊。」「喔，這樣啊。」接著她緊緊把嘴一抿，整整八日沒有再張開嘴說話。實際上我認同她，女生當然不該和男生玩在一起；在學校，除非是兄弟姐妹，不然男生和女生也不能混在一起。然而，一個男孩也不該被看見和他的姐妹站在一起。當艾特文和我不得不一起走在路上時，我必須站在他身後，維持三步的距離，而且無論如何都不能大聲嚷嚷地說我認識他。我沒什麼值得炫耀的，母親也這樣認為。當我跟著他們出席人民會堂的創辦紀念日，她非常認真地盡她所能，讓我看起來「還可以」。她用捲髮棒燙捲我一頭僵硬的黃髮，並要求我用力把腳趾頭都縮起來，好讓我可以穿上我們向玉德借來的一雙鞋子。「她已經夠漂亮了。」父親安慰地說，自己卻也忙亂地整理他白色襯衫的領子，這襯衫是為了這次活動而特地買的。艾特文已經長大了，他對於自己還是得跟家人一起出門這件事感到生氣，於是他省略了平日對我「友好」的評論，居然沒有說我醜或我這輩子都嫁不出去。這是一個特別的夜晚，因為在斯陶寧對所有的勞工發表演說之後，他將會頒獎給在韋斯特布羅的所有社運分子，其中一個就是我父親。每一個星期天，他會在鄰里間公寓的樓梯間上上下下，為政黨招收會員，可母親卻在每月要徵收五十厄爾的時候，擅自替他退會，這讓父親非常絕望。他會嘀咕罵著髒話，同時戴上他的舊帽子跑到政黨裡要求重新入會。她對斯陶寧和政黨懷有一種難以言喻的恨意，偶爾會暗示父親曾經加入共產黨、如同罪犯。她並沒有大聲說出「共產黨」，她不敢，但是我有時會想起父親在我童年早期閱讀的那本禁書，就是有關工人家庭凝視著紅旗的那本書，所以，我想母親的暗示或許是真的。

當斯陶寧走上講臺時，我心跳加速，而我非常確定父親也是。斯陶寧以他一如往常的方式說話，他的演講我只聽得懂一半。但是我享受著他那平靜、低沉的聲音，安撫了我的心靈，並跟我保證，只要斯陶寧在，就不會有不好的事發生在我們身上。他說起八小時工作制的實行，雖然這已經有一段時間了。關於工會，他表示沒有一個工作場所應該聘請等同於罪人的工賊（skruebrækkere）[33]們。我馬上答應我自己、斯陶寧和我父上帝，

33 譯注：工賊（skruebrækkere），英語：strikebreaker，指在罷工活動中不參與罷工，反而還進行工作的勞工們。

我永遠不會成為一個工賊。只有在他提到共產黨如何傷害且分裂社會民主黨員時，他的聲音憤怒地提高了，但是很快地，他又以一種溫和、低沉的嗓音解釋失業問題。母親和許許多多的人一樣，把失業問題怪罪於斯陶寧。然而這當然不是他的錯，他說那是因為世界蕭條[34]的原因，我覺得這個詞很好聽而且具有吸引力。我想像著一個非常哀傷的世界，人人都把窗簾拉下，關上燈，灰色且傷心欲絕的天空同時飄起雨來，天上一顆星也沒有。而現在，斯陶寧最後說：「我非常榮幸地要頒給每一位傑出社運人士一個獎項，以獎勵他們做出的偉大貢獻。」而父親正是其中的一個，我因為驕傲而滿臉通紅，同時斜視著父親。他緊張地撫摸鬍子，並且對我微笑，他彷彿知道，我分享著他的快樂。艾特文因工作狀況和父親之間還是持續著冷戰，看起來幾乎快睡著了。斯陶寧接著清楚且大聲地念著每一個名字，一一用力地和他們握手，同時遞給他們一本書。輪到父親的時候，我雙眼發亮。他拿到的那本書，書名叫《詩與工具》，在封面內頁，斯陶寧寫了一些認可的話語並簽上名字。回家路上，對這份榮耀還是感到興奮的父親說：「妳長大以後可以讀這本書，妳那麼喜歡詩。」母親和艾特文沒有和我們一起回家，他們要去跳舞，嚴肅的父親對這當然完全不感興趣，而我只是個小孩。之後，母親把書塞在書櫃最裡面，關上玻璃門以後根本看不到這本書。「這是你每個神聖的星期天上下樓梯的美好回報，」她這樣嘲諷著父親，「而他還敢提起工賊和低待遇。我主保佑啊！」就連父親也不能平靜地享受著他的喜悅。

34 譯注：世界蕭條，丹麥文直譯為「世界憂鬱」，年幼的作者誤會了，以為是全世界一起患上憂鬱症。

12

時間流逝，童年變得如紙一般，單薄而扁平。它疲憊且破爛不堪，在低潮的時候看起來，童年無法持續到我長大。人人都看得出來。每一次奧妮特阿姨來訪，她都會說：「我的天啊！妳長大了！」「是啊，」母親說，然後帶著抱歉的神情望著我，「如果她能長些肉就更好了。」她說得對。我扁得像一個換衣紙娃娃似的，衣服掛在我肩膀上就像掛在衣架上。童年本來應該持續到我十四歲那年，可是卻提早結束，我又能做些什麼呢？所有重要的問題，我都沒有獲得答覆。我羨慕地看著露絲的童年，它是如此堅定而滑順，沒有一絲裂縫。它看起來會比她活得更久，好讓別人繼承它，再把它磨損。露絲自己並不知道。當街上的男孩們對我大喊：「上面的空氣如何啊？姐姐！」她對他們發出了一連串的誓言和詛咒，於是他們驚慌地鳥獸散。她知道我脆弱且不善言辭，總是維護著我。但是露絲對我來說已經不夠了，摩勒普小姐亦然，她有那麼多小孩要照顧，而我不過是其中一個。我總是幻想著能找到一個人，唯一的那個，讓我可以呈上我的詩，同時接受他的讚美。外婆應該會覺得那些詩很不恰當，而艾特文只會笑它們。我開始想著死亡，把它想像成一個朋友。我說服自己我想死，有一天，母親到城裡去，我拿起麵包刀，在手腕上摩擦，希望能找到動脈。想像著母親會如何絕望地撲倒在我的屍體上嚎啕大哭的同時，我也大哭了起來。但是除了一些刮痕以外，什麼也沒發生，現在我的手腕上還有淺淺的痕跡。在這個充滿不確定及扭曲的世界，我唯一的慰藉就是書寫著這樣的詩句：

曾經我年輕美麗而快樂，
充滿了歡笑和樂趣。
曾經我宛如綻放的紅玫瑰，
如今我老了，被遺忘了。

那時我十二歲，而我所有的詩都是「充滿了謊言」，正如艾特文說的。大多數的詩寫的是關於愛情，如果你相信那些詩，你會以為我過著輕浮有趣的生活，四處征服男人。

我非常確定，如果我的父母讀了我的詩，他們鐵定會把我送去少年感化院。比如這些：

我心在歡呼，我的朋友，
當我們的唇相遇，
為了這個剎那，
我們誕生了。

我模糊的青春夢消失了，
人生的大門已經打開，
生命是如此之美啊，謝謝你，我的朋友，
你給了我愛的洗禮。

我寫情詩給月亮上的男人；給露絲；或者根本沒寫給誰。我覺得，我的詩遮蓋了童年裡那些破裂的部分，就好像傷口底下那些還沒剝落的、完好的新皮膚。它們是否塑造了我長大後的身影？這段時期我幾乎一直都很傷心。街上的風吹過我瘦長的身子，冷冷的，恍若世人投向我不以為然的眼光。在學校，我經常呆坐盯著老師們看，就像我盯著所有大人和成年的人類，某日，一個歌唱課的代課老師安靜地走到我的位子，平靜卻清晰地說：「我不喜歡妳的臉。」我回家，盯著五斗櫃上鏡子裡的自己。那是一張蒼白的臉，有著圓圓的臉頰，以及驚慌的眼睛。在我的門牙上有好幾個凹痕，因為我小時候曾患有軟骨病。這是學校牙醫告訴我的，他說那是營養不良導致。我當然什麼也沒說，因為即使跟家裡說了也沒用。當我自己無法解釋那些日益增長的憂鬱，我想，「世界蕭條」終於也找上了我。我也想著我童年的早期，對我來說，顯而易見地，那段歲月裡的一切都比現在好，然而我卻再也回不去了。晚上，我倚靠在窗臺，在我的詩本裡書寫：

斷裂的，那些細弦，
縱然重新接駁，卻
聲音已消失，
音調已死亡。

當時，並不像多年以後，有個凱·弗里斯·莫勒爾（Kai Friis Møller）[35]在我耳邊耳語說：「小心喔，迪特萊弗森小姐，不要隨便使用倒裝句哦，也要小心『卻』這個字的用法哦。」那個時期，我的文學模範是讚美詩、民歌和一八九〇年代的作詞人。

---

35 譯注：一八八八年～一九六〇年，丹麥詩人、評論家及翻譯，以翻譯歐洲詩歌而聞名。

某個早晨，我醒來，感覺糟透了。我的喉嚨疼痛，起床站在地上時，感到非常的冷。我問母親是否能留在家裡，然而她皺了眉頭，要我別拿這種蠢事來煩她。她不喜歡任何毫無預警的突發事件或不速之客。我因發燒，帶著暖呼呼的身子去上學，上第一節課就被請回家了。母親這才終於認同我確實病了。我一躺上床就睡著了，當我醒來時，母親正在替公寓大掃除。當我叫她的時候，她正打算把乾淨的窗簾掛起來。她轉過身來。「妳醒了，很好，醫生等一下就過來了，我希望我能趕得及。」我很害怕健保醫生，母親也是。她換上新床單，用一個髮夾替我把耳朵掏乾淨以後，門鈴響起了。她緊張地衝出去開門。「您好，」她恭敬地說，「非常抱歉，麻煩您了……」她話還沒說完，就被一陣劇烈的咳嗽聲打斷了。醫生咳著，並往手帕裡吐痰，同時用他的拐杖一把將她推到旁邊，說：「是，是，」緩口氣以後，他低吼：「這些階梯，幾乎要了我的命，叫我上不來也下不去，這種工作方式實在令人難以忍受。我記得您，您是那個牙齒有問題的。究竟是誰生病啊？喔，是您的女兒──她到底在哪裡啊？」「這裡面。」母親領著醫生走進臥室，醫生艱難地拖著肚子擠進來，因為他必須繞過雙人床來到我床邊。「喔，」他叫了一聲，把臉垂到我跟前，「哪裡不舒服啊？妳是蹺課吧？」他臉上帶著輕蔑的神情，我把被子拉到下巴下。他用他那雙突出的黑眼睛盯著我看，我很想告訴他，雖然我們窮，但我們絕對不是聾子。他的雙手布滿毛髮，雙耳中竄出一撮粗黑的毛。他吼著要一支湯匙，母親急忙地走到廚房去拿，幾乎被自己的腳絆倒。他用一支小手電筒照看我的喉嚨，摸摸脖子兩旁，接著恐嚇我問：「學校是不是有人染了白喉？妳的同學？」我點頭。他嘴角一撇，彷彿吃了什麼發臭的東西，大喊：「她有白喉！她得馬上到醫院去！該死的！」母親責備地盯著我看，她從未想過我會用這種無禮的方式去麻煩一個忙碌的醫生。醫生憤怒地抓了他的拐杖，到客廳裡去寫入院通知書，而我嚇壞了。醫院！我的詩！我能將它們藏到什麼地方？睡意籠罩了我，等我再次醒來時，母親坐在床沿。她溫柔地問我想要什麼嗎，為了讓她高興，我要求一塊巧克力，雖然我知道，我應該無法把它吞下去。感謝玉德，我們家裡現在隨時都有巧克力。在等候救護車的時候，我跟母親說，想帶我的詩本到醫院，或許在醫院裡有人會想在裡面記下點什麼。她並不反對。在救護車內，她坐在我旁邊，不斷撫摸著我的額頭或手。在我記憶中，她從未如此做過，這讓我感到尷尬，但也感到快樂。每當我走在街上或到店裡去，我總是盯著那些互相挽著手或親切撫摸彼此的母親和孩子看，這讓我產生一種快樂和羨慕的感覺。母親或許曾經這樣對我，但是我卻什麼也記不得。在醫院裡，我被安置在一個大廳，裡面都是各種年紀的孩子，我們都患了白喉，而他們大多數都和我一樣病重。我把詩本放進一個抽屜，而對於我擁有一本詩本這件事，沒有人覺得奇怪。儘管我在醫院躺了三個月，我幾乎不記得住院的經歷。在探病時間，母親站在窗外對我大喊。我出院之前，她和主治醫師對話，他說，我有貧血和體重過輕的問題。這讓母親感到被冒犯了，我一回到家，她馬上為我做了黑麥粥和其他能讓我長胖的食物，儘管父親再次失業了。我長期缺席的這段時間裡，露絲和公寓管理員的小女兒走得非常近，她叫敏娜（Minna），非常胖，一頭白髮，快滿十三歲了，她們經常一起在垃圾間裡廝混著，雖然她根本還沒到和那些女孩混在一起的年齡。我覺得自己被遺棄了，非常孤獨。只有夜晚、雨水、安靜的晚星和我的詩本，在這段時間內可以帶給我一丁點的安慰。我寫下這樣的詩句：

憂傷、烏黑的夜啊，

你親切地包覆著我，以黑暗，
在我心裡一切平靜而溫柔，
我無力，昏昏欲睡。

雨啊，安靜而美好
輕柔地敲擊著窗戶。
我把頭靠在枕上，
感覺亞麻布的冰涼。

安靜地，我睡著了，
充滿祝福的夜晚，我最親愛的朋友。
明日我將活著醒來，
揣著悲傷，在心裡。

有一天，哥哥對我說，我應該嘗試把寫的一首詩賣給雜誌，但是我不相信有人會願意付錢買我的詩。其實我也不在乎，只要有人願意發表我的詩就夠了，然而我永遠不會和這個「某人」碰面。有朝一日，我長大了，我所有的詩都會印在一本真正的書裡，但是我不知道該如何進行。父親肯定知道的，但是他曾經說過，女人無法成為詩人，所以我不能讓他知道。對我來說，能寫詩便已足夠，我並不急於一定要讓世界看到，尤其這個世界，此刻能給予我的詩的，僅剩下嘲笑和責罵。

13

彼得姨丈把外婆給殺了。至少父母和蘿莎莉亞阿姨都這樣說。平安夜那天，下著大雪，他和奧妮特阿姨把外婆接了過去。他們三人站在街上等電車，等了至少十五分鐘，儘管彼得姨丈極其富有，他卻沒有想過要搭計程車回家。晚上，外婆就得了肺炎，他們把她安置在客廳裡一個鋪好的長沙發上；每逢聖誕節，他們會把客廳的暖氣打開，但是母親說：「誰都知道，在一個整年內只有三天有暖氣的屋裡，會有多潮濕啊。」外婆在這裡躺了三天，接待我們每一個來拜訪的人，她肯定知道自己時日無多。我們都不相信。她穿著一件高領的白色睡裙，她那雙和母親一樣纖細的手，不斷地在被子上不安摸索，彷彿在尋找著什麼重要的東西，卻又找不著。此刻的她沒有戴上眼鏡，可以清楚地看到，她的鼻子又長又尖，深藍色的眼睛非常清澈，她不笑的時候，凹陷的嘴巴顯現出一種嚴肅且僵硬的神情。外婆不停地說起她的葬禮，以及隨著農民銀行破產醜聞而失去的五百克朗。母親和阿姨們誠懇地笑著對她說：「時間到的時候，妳一定會有一個美好葬禮的，媽媽。」我猜只有我以非常嚴肅的態度相信她。她已經七十六歲，我覺得時間應該也差不多了。我們同意會在葬禮上吟唱〈教堂的鐘聲不為大城市而敲〉及〈你把手放在主的犁上〉。後者並非喪禮讚美詩，但是外婆和我都很喜歡這首聖詩，每次我去探望她的時候，我們總是一起唱聖詩。就我而言，這個選擇也有一點點反叛的意味。父親最討厭這首詩歌，因為這一節：「哭泣會扼殺了聲音嗎？那麼想想那金黃色的收成吧」，對父親來說，這是教會對勞工階層們敵意的最好證明。

我很想寫一首讚美詩給外婆，但是我做不到。我已經嘗試很多次了，但是它們總是太像那些舊的讚美詩，因此只得哀傷放棄。聖誕節過後兩天，發生了一件可怕的事。她們三姐妹坐在外婆的床邊，彼得姨丈也在客廳裡，門鈴忽然間響了，我其中一個表姐打開門，「酒瓶子」以一種可怕的姿態擠到外婆的病床邊。蘿莎莉亞阿姨伸手拍打自己的臉，大哭起來。「酒瓶子」一把抓住她大吼說，他媽的最好現在馬上滾回家，不然他會打斷她身體裡每一根骨頭。彼得姨丈向前一把抓住了這個醉漢，而我們這些小孩被趕出了客廳。這一切聽起來就像一場可怕的戰爭，充斥著女人的尖叫聲，而在這一切混亂當中，外婆以平靜且充滿權威的聲音，企圖喚醒他個性裡剩下的那一點善良。忽然之間，一切安靜了下來，我們被告知，彼得姨丈用力把他摔了出去。他從來不被允許進入這個家，也不被允許進入我們街上的家。男人們，除非他們自己喝酒——大部分都喝——否則他們對酗酒的男人也充滿了殘酷的恨意。外婆的病情越來越嚴重，醫生也說她應該過不了這個關卡，我不再被准許去探望她了。母親日日夜夜都去看她，然後帶著泛紅的眼眶和讓人沮喪的消息回家。當外婆過世的時候，他們也不讓我探視，但是艾特文卻可以。他說她看起來就像還活著一樣。然而我仍出席了葬禮。在桑德比（Sundby）教堂，我坐在母親和蘿莎莉亞阿姨旁邊，在布道的時候，我忽然被一陣無法抑制的笑意攻擊。這實在太可怕了，我用手帕遮蓋了鼻子和嘴巴，希望他們會以為我和大家一樣在大哭。幸好眼淚確實也沿著我的臉頰流下。我為自己對於死亡這件事全然無感而感到恐怖。我真的很愛外婆，葬禮上也吟唱了我們選的那些讚美詩。為什麼我無法全心哀悼呢？葬禮結束後的很久以後，我的被子被外婆的取代了，那是她留給母親的唯一遺物。當我在夜裡蓋上被子的時候，屬於外婆乾淨被單的味道飄過，那是外婆的特殊氣息，我哭了，這才終於明白發生了什麼事。啊，外婆，妳永遠都無法再聽我歌唱了；妳永遠都不會在我的麵包上塗上真正的奶油了。妳忘了告訴我的，妳生命裡的那些事，再也無法對我揭露了。很長的一段時間裡，我每晚哭著入睡，因為她的氣息，持續地殘留在被子上。

14

「如果妳不趕快把衣服絞扭機還回去，最好請上帝保佑妳。」母親說，並把那一台沉重的機器丟給我，我必須跳起來以免它砸在我腳上。她在地下洗衣室，俯身在熱氣騰騰的煮水缸上，我知道，每個月的這一天，她都瘋狂地忙碌著。但是我正處在一個可怕的狀況中。她給了我十厄爾支付機器的租金，而租金卻是每小時十五厄爾。上一次租用的時候就漲了五厄爾，他們讓我賒了五厄爾。因此，今天我必須付給他們二十厄爾，可我只有十厄爾。「媽媽，」我膽怯地說，「他們要漲價我也沒辦法啊。」她抬起頭來，撥開了臉上潮濕的頭髮。「還不快去。」她語帶威脅地說，於是我離開了蒸汽瀰漫的洗衣室，走到院子裡；我抬頭望了望灰色的天空，彷彿在等著上天的幫助。那是傍晚時分，在垃圾間如常地聚集了那一群人，埋頭說話。我多麼希望自己是她們當中的一分子。我多麼希望我是露絲。她是如此嬌小，以致於消失在群體當中。「嗨，托芙。」她高興地大喊，因為她根本沒有意識到她遺棄了我。「嗨。」我回應，並向她說明了我的處境，她接著說：「我跟妳一起去，我有辦法把機器還回去。給我十厄爾，總比完全沒有好。」對露絲來說，一切都是那麼簡單，對於大人們的任何行為舉止，她也從來沒有任何疑惑。我自己也是，尤其是母親所做的一切，因為我已經接受了她變幻莫測的性格。到了桑德維斯街（Sundevedsgade），我站在角落，隨時準備逃走，而露絲擠進店裡，把機器連同那十厄爾丟在櫃檯上，再衝到我身旁。我們一路跑到美國路（Amerikavej），就如同我們以往每次逃過危險時那樣，站在路旁喘著氣大笑。「那婊子對我大吼，」露絲喘著氣說，「『一共是十五厄爾。』她大喊，但是她的大肚子讓她無法馬上繞過機器追過來。我的天啊，太好笑了。」清澈的淚水在她漂亮的臉蛋上劃出紋路，而我是如此的快樂且充滿感激。回家路上，露絲問我為什麼不到垃圾間和她們一起玩。「她們真有趣啊，那些年長的女孩們。」她說。她們玩得很開心，如果露絲的年紀已經大得可以和她們玩在一起，我應該也可以。當我們回到院子裡時，只有敏娜和葛蕾塔（Grete）在垃圾間。我不明白露絲看上了敏娜什麼。葛蕾塔住在前棟樓，她母親是個離婚的女人，和我的阿姨一樣是個裁縫。她上七年級，我幾乎不認識她。她穿了一件針織上衣，可以看到她胸前兩個小小的凸起物，我很遺憾自己不是那樣。她笑的時候，你可以看見她嘴有點歪。在那個幾乎是黑暗的角落，垃圾桶裡飄出難聞的氣味。這兩個大女孩坐在垃圾桶上，敏娜大方地挪了一個位子讓露絲坐在她旁邊，而我直挺挺地站著，恍如地上矗立著的路標，不知道該說些什麼。這是我多年來期待的一次「晉升」，能加入她們，如今我卻不知道這到底有什麼大不了的。「潔妲很快就要生小孩了。」葛蕾塔說，同時用腳跟敲打著垃圾桶。「一定會像俊美路維那樣弱智，」敏娜充滿期待地說，「喝醉時懷上的孩子都是這樣的。」「才不是呢，」露絲說，「如果是真的，那麼我們大部分人都是弱智的了。」她們只用這種方式說話，她們對每一個人都能說些惡毒且猥褻的話。我想，當我轉身而去的時候，她們是不是也這樣背地裡說著閒話呢。她們傻笑著，聊有關酒醉、私情，以及不可言喻的私密關係。葛蕾塔和敏娜決定在堅信禮[36]後一小時內就要破處，她們說，她們會小心地不在十八歲前懷孕。這一切，露絲以前就已經告訴過我了，而對我來說，在垃圾間的這些話題都非常悲哀與無聊。這讓我感到心情沉重，讓我想遠離這院子、這條街和這些公寓。我不知道是否有其他的街道、房子及人們。目前我最遠只去過韋斯特布羅街，當我到蔬果店購買三磅大小一樣的馬鈴薯時，老闆總是給我一顆糖果，直到他被揭發原來是個像「電鑽X」（Det Borende X）[37]的賊。白天，他安靜地打理自己的小店；晚上，他到郵局行竊，以此嘲笑警察。他們花了很多年才抓到他。我的思緒飄得很遠，直到露絲忽然說：「托芙有個男朋友！」那兩個大孩子笑出聲來，「這是他媽的謊話，」敏娜說，「她太聖潔了。」「這是真的，」露絲堅持，並善意地對著我大笑。「我也知道是誰，是捲髮查爾斯！」「啊！哈哈，哈哈！」她們彎著腰大

36 譯注：堅信禮，此為基督教儀式，小孩滿十五歲在教堂進行堅信儀式，相當於成年禮。作者多次強調她的童年會在十四歲那年結束，便是以堅信禮為標準。

37 譯注：丹麥有名的竊盜者，他常用電鑽在保險箱門鎖上劃X，因此被稱為電鑽X。活躍於一九〇九年～一九三一年間。

笑，而我笑得最大聲。我這樣做，是因為露絲只是想逗我們開心，但我並不覺得這一切有什麼好笑的。潔妲搖搖晃晃，艱難地走到院子裡，笑聲靜止了。她手裡提著一個裝著酒瓶的網袋，酒瓶叮噹作響。她的短髮顏色比以前更暗沉了，臉上有褐色的雀斑。我趕快許願，希望她生下一個正常的漂亮寶寶，一個女孩兒，我祝福她，有著金黃色的頭髮，編織成長長的辮子拖在脖子後。或許潔妲真的愛上了水管工，因為沒有人能徹底了解一個女人的心。或許她每個夜晚哭著入睡，儘管她在白天總是笑著唱歌。有一次，她站在垃圾間大聲地向上喊，說她十四歲時會發生什麼事。在這方面，我不想要追隨這種慣例。在我遇見一個深愛的男人之前，我不會做這種事，然而，在我目前的生活中，沒有一個男人或男孩值得我愛。我不要一個「穩定的技工，每週把薪水帶回家，也不喝酒」，我情願當個老處女，我的父母大概漸漸地也接受了我的想法。父親經常說我離開學校的時候，要找一個「有退休金的穩定工作」，但是這對我來說跟找個技工一樣恐怖。想到我的未來，我只能四處碰壁，於是我希望能夠把童年再拉長一點點。我看不到任何出路。當母親從窗戶裡喊我的時候，我欣慰地離開了這個珍貴的角落，走上樓。「怎麼樣？」她友善地問，「妳把衣服絞扭機還回去了嗎？」「是的。」我簡短地回答，而她笑了，彷彿我成功完成了她分派給我的一個艱難任務。

15

瑪迪亞生小姐請我問問家裡，能否讓我繼續上高中，儘管我在考試時無法回答三十年戰爭（Trediveårskrigen）[38]究竟延續了多久。我永遠學不會去理解這類的笑話。瑪迪亞生小姐說，我很有天賦，應該繼續升學；我也很願意，但是我知道，我們無法負擔。雖然如此，我還是不抱任何希望地問了父親，他莫名其妙地生起氣來，輕蔑地說起藍襪子（blåstrømper）[39]和女學生，說她們又醜又自負。有一次，他必須協助我寫一篇有關佛蘿倫絲·南丁格爾（Florence Nightingale）的文章，但是他對南丁格爾唯一的看法僅僅是：她有一雙大腳和口臭，於是我只好請教摩勒普小姐。要不然父親實際上幫我寫了不少篇作文，並且還獲得了瑪迪亞生小姐的高評分。第一次出婁子是因為他寫了一篇有關美國的作文，結尾這樣寫：「人們稱美國為自由的國度。一開始這表示有做自己的自由、工作的自由，以及擁有土地的自由；但現在如果你沒錢購買食物的話，幾乎只剩下餓死人的自由。」「妳這論述，」我的班主任說，「究竟想表達什麼啊？」我無法解釋，於是這份作業我們只拿了「乙等」。不行，我不能繼續升學，我可以當小孩的時間所剩無幾。我必須離開學校，在堅信禮之後，開始學習當家，家裡有太多的事情需要我幫忙。未來是個怪獸，

38 譯注：「三十年戰爭」發生在西元一六一八年至一六四八年間。是由神聖羅馬帝國的內戰演變而成的一場大規模歐洲戰爭。戰爭以波希米亞人反抗哈布斯堡家族統治為肇始，最後以哈布斯堡家族戰敗並簽訂世界首個國際公約《西發里亞和約》而告終。

39 譯注：丹麥的第一代女權運動者被稱為「藍襪子」，來源於英文Bluestocking，最初是對十八世紀舉辦文學沙龍貴族女性的稱呼。這個稱謂在女性知識分子間非常流行。

是個強大的巨人，很快地會掉落在我身上，將我壓得粉身碎骨。我那破爛不堪的童年在我身邊飄動，我剛補好一個洞，另一邊就馬上開始破裂，這讓我感到脆弱和易怒。我頂撞母親，她幸災樂禍地說：「好！好！我就看妳將來得和陌生人打交道的時候，怎麼辦！」他們最大的哀傷是艾特文。自從艾特文開始和父母對抗以後，他就變得和我很親近。我對他沒有任何深切且痛苦的感覺，因此他可以放心地信任我。父親一直以為，艾特文會有所成就的，因為他小時候有那麼多天賦。他會唱歌，也會彈吉他，經常在學校的話劇表演裡扮演王子。學校和院子裡的女孩們都喜歡圍繞著他。當我和他上同一所學校時，老師們偶爾會驚訝地對我說：「那樣一個俊俏又聰明的男孩，是妳的哥哥？」當他加入青年體育協會，並且興致勃勃地對政黨開始感興趣時，父親是如此的快樂。父親總是說，他不會信任一個手上沒有鐵鍬的部長，所以誰知道他曾經對艾特文的前途抱著什麼樣的期望？然而，此刻這些夢想都破碎了。艾特文只是等著他的金黃日子到來，也就是他終於可以出師並且輪到他欺壓那些可憐學徒的那一天；他也等著將滿十八歲的那一天，他就可以離家，自己租一間房間，讓自己擁有的一切都可以獲得平靜。他想要住在一個可以把女孩帶回家的地方——因為這一點母親堅持禁止。在她眼裡，所有年輕女性都和她敵對，她覺得這些女孩都是為了找一個可以養她們的技工結婚，而這個技工的學費，都是雙親省吃儉用才付得起的。「而現在艾特文就快要可以賺錢了，」她苦澀地對父親說，「可以還給我們一些錢的時候，他自然就想逃離家庭。肯定有哪個女人在他腦子裡灌輸了這樣的想法。」母親是在和父親一起就寢，以為我已經睡著了的時候，說了這些話。我理解艾特文，這裡不是一個你會想待下去的家，當我滿十八歲的時候，我也會離開這裡的。然而，我也理解父親的失望。最近，他和艾特文吵架時，艾特文說：「斯陶寧酗酒，也有很多情婦。」父親氣得面紅耳赤，重重甩了他一巴掌，以致於他倒在地上。我從未見過父親動手打艾特文，他也從未打過我。某個晚上，父親和母親躺在床上討論有關艾特文的問題，父親說，他們應該允許艾特文把女朋友帶回家。「他沒有女朋友，至少沒有固定的。」母親簡短地說。「當然有，」父親說，「要不然他不會每個晚上都出門。妳這樣，等於是親手把他趕出門啊。」當父親偶一為之地堅持什麼的時候，母親總是會妥協，這次也不例外，於是，隔天艾特文被要求把索爾維（Solvejg）請回家喝茶。我知道關於索爾維的許多事，但是卻從未見過她。我知道，她和哥哥互相愛著對方，而且他們計畫在他學成出師以後就結婚。我也知道，他已經去過她家了，而她的父母非常喜歡艾特文。他在人民會堂（Folkets Hus）的一個舞會上認識她，她住在英和瓦街，和艾特文一樣，今年十七歲。她的父親是腳踏車修理工，在韋斯特布羅街上有一家修理店。她自己是已出師的女性理髮師，賺很多錢。

傍晚時分，我們大家都焦慮地注視著母親的所有動作。我幫她把我們唯一的白色桌巾鋪好，艾特文嘗試捕捉她的眼神，想給她一個微笑，卻沒有成功。他穿著堅信禮時穿的衣服，如今在手腕和腳踝處都顯得太短了。父親則穿著他星期天的服裝[40]，坐在沙發的邊緣，緊張地撥弄著領帶結，彷彿是他自己要去做客似的。我端出一盤鮮奶油蛋糕，擱在桌巾中間。門鈴隨即響了，當我哥哥跳起來趕去開門時，差點就被自己的腳絆倒了。走廊傳來一陣輕笑聲，母

40 譯注：指星期天上教堂穿的服裝，一般較為莊重，有別於週間穿的工作服。

親緊閉著雙唇，一把抓過她正在編製的針織衣，怒氣沖沖地開始編織。「妳好，」她簡短地對索爾維說，頭也不抬地對她伸出手，「請坐吧。」她還倒不如說「去死吧」。但是索爾維顯然未察覺那緊繃的氛圍。她微笑著坐下，我覺得她非常漂亮，她的金髮辮子纏繞在頭頂的玫瑰花環，紅紅的臉頰上有酒窩，而她深藍色的眼睛裡總是透露著笑意。她並沒有察覺我們是多麼地安靜，仍自得其樂且自信地說著話，彷彿她非常習慣發號施令。她談起她的工作、她的父母，也談起艾特文，說她很高興終於可以來到他家。母親看起來越來越緊繃，雙手不停地編織，恍若琴弦上的弓。最後，索爾維還是發現了這異常的氛圍，她說：「多麼奇怪啊！當艾特文和我結婚以後，您就是我的婆婆了。」她自己由衷地笑了起來，忽然之間，母親哭出聲來。這真的是太尷尬了，我們都不知該如何是好。她邊哭邊繼續編織，哭聲裡沒有任何感觸或感動的情緒。「阿爾芙莉達

（Alfrida）！」父親輕責似地叫喚她，他從未直呼她的名字。我焦慮地拿起咖啡壺，「您還要再來一杯咖啡嗎？」我問索爾維，並未等她回答就往她杯子裡倒滿了咖啡。我想，她會不會以為這其實就是我們家的日常呢？「謝謝。」她微笑著對我說。一時之間，大家都沉默了。艾特文低頭望著桌巾，臉上的表情非常不自在。索爾維非常刻意地往咖啡裡加入鮮奶油和糖。淚水如雨般從母親猙獰、下垂的雙眼中流出；忽然間，艾特文推開了他的椅子，撞上了餐具櫃。「走吧，索爾維，」他說，「我們走吧。我就知道，她會把一切都毀了。別哭了，母親。我會和索爾維結婚的，無論你們願不願意。再見。」他拖著索爾維，衝出走廊，完全不給她任何說再見的機會。門在他們身後重重地被摔上。母親這才摘下了眼鏡，擦乾雙眼。「你看，」母親責備父親，「這就是他當學徒的結果。這個女人是絕對不會放過這樣一個金礦的！」父親疲憊地再次靠著沙發躺下，鬆開領帶，解開襯衫的第一顆鈕釦。「不是這樣的，」他說，並不生氣，「不過，妳這樣，等於是親手把孩子趕出家門啊。」

從此以後，艾特文不曾再把女朋友帶回家，而當他結婚時，我們在婚禮後才見到他的妻子。並不是索爾維。

16

我童年裡最後的春天，非常寒冷而多風。嚐起來像灰塵，聞起來是一種充滿痛苦、分裂和改變的氣味。在學校，人人都在忙著考試或準備堅信禮，然而，這些對我來說都毫無意義。替陌生人打掃或洗碗時，你不需要初中考試證明，至於堅信禮，那是童年的墓碑——對我來說，明亮、安全和幸福的童年，將在此結束。這段時間發生的一切，都給我留下了深刻且難以抹滅的印記，彷彿即使是微不足道的小事也能影響一生。當我和母親出門去買堅信禮的鞋子時，她在店員面前說：「是啊，這將是我們送給妳的最後一雙鞋子了。」這打開了我對未來的恐懼視野，我不知道，我將如何養活自己。鞋子是緞面的，要價九克朗。高跟，穿著它走路，我總是扭傷腳踝，再加上母親覺得我穿了以後，好像高塔那麼高，於是父親用斧頭把一小段鞋跟砍下。這使得鞋尖往上翹，但是我只需穿它一天而已，母親這樣安慰我。艾特文在他十八歲那天搬了出去，他在貝克街（Bagerstræde）租了一個房間；而今，我躺在客廳鋪好的沙發上，覺得這又是一個童年已經結束的不幸象徵。在這裡，我不能坐在窗臺旁，因為客廳的窗臺堆滿了天竺葵，而從這窗戶望出去，我只看到那輛綠色的吉普賽拖車，以及加油站那又大又圓的燈——我曾經為此驚呼：「媽媽，月亮掉下來了！」這件事我自己並不記得了。我很早就知道，大人們所擁有的回憶和我們自己的回憶，往往是截然不同的。艾特文的回憶也和我的不一樣，每次我問他是否記得我們共同經歷過的一些事，他總是說不記得了。我的哥哥和我互相關愛著彼此，但是我們無法談什麼心事。當我到他租的房間探望他時，他的女房東開門讓我進去。她唇上有著黑色的小鬍子，我覺得她和母親一樣多疑。「他的妹妹，」她說，「好吧。我從來沒有一個租客和他一樣有那麼多姐妹和表姐妹的。」艾特文過得並不好，儘管現在他擁有屬於自己的房間了。他抽菸、喝酒，每個晚上和一個叫托瓦爾特（Thorvald）的朋友去跳舞。他們一起當學徒，曾經計畫將來要合作開修理店。我從來沒見過托瓦爾特，因為我們都不允許帶朋友回家，無論男女都不行。艾特文非常不快樂，因為索爾維離開他了。某天，她來到他房裡，那時他們終於可以單獨相處了，她卻告訴他，她還是不會跟他結婚。艾特文怪罪於母親，但是我想，索爾維應該是找到別的男朋友了。我曾經在哪裡讀過，真愛遇到阻力，只會更強大，但是我當然靜靜地什麼也沒有說，讓艾特文以為母親把她嚇走了，或許會好一點。他的房間相當小，那些家具看起來都應該隨時能被丟到垃圾場。我從未在艾特文那裡逗留太久，因為我們的談話總是有很多冷場。當我要走的時候，他看起來鬆了一口氣的模樣，正如我剛來時他那般快樂。我告訴他家裡的瑣碎小事，譬如我現在穿的油皮靴子——一如以往，是艾特文的舊靴子。父親在靴底上了一層油以延長其壽命；他也打磨鞋尖，以致鞋尖向上翹，而且變成了黑色，但其他部分卻是棕色的。有一次，母親丟給我一些碎布，叫我擦靴子。「使用過後再把它們丟進壁爐裡。」她說。「靴子？」我高興地問，她發自內心地笑了我很久。「不是，妳這傻子，是那些布！」她說。這種事會讓艾特文笑起來，所以我會告訴他，尤其他現在已不再參與我們的日常生活了。沒有什麼事和從前一樣了，只有伊斯特街還是一樣，而現在我晚上也可以到那裡去了。我跟露絲和敏娜一起去，而露絲看起來並未察覺，我和敏娜之間有一種類似恨意的情感存在。偶爾我們會去薩索街（Saxogade）探望奧爾嘉——敏娜的姐姐，她嫁給了一名警察，而且日子過得不錯。奧爾嘉在照顧著小孩，她讓我把小寶寶抱在懷裡，那是一種無限甜蜜的感覺。敏娜說自己也想要嫁給穿制服的男人，然後他們要住在黑爾布街，因為人人結婚後都住在那裡。露絲點頭如搗蒜，這對她們來說，都是值得期待的，露絲也準備迎來這樣的命運。我理解地微笑，彷彿自己也期待著這樣的一個未來，如同往常地，我很怕自己被她們看穿。我覺得，我是這個世界的局外人，我找不到一個人，可以和我聊聊有關那些將我壓得喘不過氣來的問題，以及填滿我心裡那些有關未來的想法。

潔妲生了個可愛的小男孩。當她的父母出門工作時，潔妲帶著他驕傲地在街上走來走去。她只有十七歲，你只能在十八歲以後才能生小孩。因為她的天性和態度不允許她承認自己走錯了路，因此她友善地拒絕了街道上人們給予她的憐憫，所以她並不太受人歡迎。人人都因為她拒收奧爾嘉的母親為她收集的一籃子嬰兒衣物，而感到氣憤。她毫不猶豫地讓她的父母養她，儘管她已經超齡了。「如果是妳，」母親說，「我早就會把妳一腳踢走。」啊！我多麼希望可以把自己的小孩抱在懷裡啊，我肯定會親自養育他，也會想方設法地把一切都處理好，只要我能做到。晚上，當我躺上床時，我想像著自己遇見了一位可愛、友善的年輕男士，我會禮貌地措辭，問他是否可以幫我一個大忙。我向他說明，我真的非常想要一個孩子，問他可否確保我能懷上一個孩子。他說好，於是我咬緊牙關，閉上眼睛，想像我是另外一個人，而眼前發生的事與我無關。之後，我不會再見他。然而，在院子裡或街上都沒有這樣一個年輕男士的存在，我在那如今被藏在餐具櫃抽屜底部的詩本上，寫了這樣一首詩：

一隻小小的蝴蝶，飛揚
在藍色的高空。
嘲笑著全世界的一切責任、
價值觀、道德與理性。

陶醉在春日的魅力，
揮動著顫抖的翅膀，
承載著太陽的金色光芒，
它飛向美麗的大地。

那淡紅色的蘋果花，
初綻放，
小小的蝴蝶停頓，

在此找到了美麗的新娘。

蘋果花謝了，
狂野的飛行結束了。
啊，謝謝，小傢伙們。你們教會了我
該如何美麗地去愛。

17

外婆屍骨未寒，父親已經急著把我們都退出了教會。這是母親說的。外婆沒有墓碑，她的骨灰被裝在骨灰罈裡，置放在比斯佩伯（Bispebjerg）火葬場，而當我站在那裡看著這愚蠢的罈子時，我一點感覺也沒有。然而我還是經常過去探望，因為母親希望如此。每次我們在那裡時，母親總是平靜地流著淚，當她問我：「妳怎麼不哭呢？妳在葬禮上倒是有哭的。」這讓我感到良心不安，如今艾特文不在了，只要我不在學校或街上時，我經常和母親在一起。我也曾陪她出席人民會堂的舞會，可是和她一起跳舞並不有趣，因為我已高出她一個頭，和她比起來，我覺得自己非常巨大且笨手笨腳。

當她和一名男士跳舞時，一位年輕人走來邀請我跳舞，這不曾發生過，除了母親在家心情好時，在客廳裡教我的那些舞步以外，我不會其他的舞步。我正要拒絕，但是那年輕人已經用手臂環繞著我的腰間，他跳得極好，於是我也跟著跳得不錯。他沉默不語，為了說點什麼，我開口問他以何維生。「我在快遞中心（kurérkorpset）上班。」他簡短地說。我把它聽成治療[41]，以為他是一個醫生。原來除了「穩定的技工」以外，真的還有其他人。也許他會想和我跳整晚的舞，也許他已經有那麼一點點愛上我了。我心跳加速，我向前傾，稍微地靠著他。「夜間、夜間，小偷出動啦……」他隨著音樂在我耳邊唱著。忽然間，音樂停止了，他把我帶回母親身邊，僵硬地鞠了個躬，然後就此消失了。「他很可愛，」母親說，「他如果再回來就好了。」「他是醫生喔。」我炫耀地告訴母親。「啊，上帝保佑我們大家，」母親大笑，「那只不過是一個快遞中心！」

我們已經退出了教會，因此我不能在教堂舉行堅信禮，這讓我在班上的女同學中顯得更加鶴立雞群，因為她們的堅信禮都將由牧師主持，但這沒什麼關係，反正我已經放棄要和她們一樣了。星期六，當維克多．科爾內利烏斯（Victor Cornelius）[42]在電臺舞會上表演時，她們輪流互相拜訪，一些男生也被邀請，而我很多同學已經有個可以帶出門的伴。我們家裡沒有收音機，我曾經覺得戴上耳機去聆聽哥哥在學校用簡單零件做出來的收音機傳出的雜音很好玩，但現在也不覺得有趣了。就算我們有一台收音機，我的父母也不會為了我而舉辦週六舞會的。最近我開始參加考試，我根本不在

41 譯注：丹麥文中，快遞服務為「kurér」，治療為「kurere」，兩者拼音非常接近。

42 譯注：一八九七年～一九六一年。丹麥作曲家、鋼琴家和歌手。

乎成績的好壞。或許，對於不能繼續上高中這件事，我還是覺得失望了。在班上，只有一個女同學被批准上高中，她名叫英娥．諾爾果（Inger Nørgård），和我一樣又高又瘦。她除了讀書，什麼也不做，每一個科目都獲得甲等。其他人都說，她將來一定會是老處女，因此她只能繼續升學。我從未真正和她說過話，我和班上其他人也都不常聊天，我把一切都藏在心裡，有的時候我覺得自己快要窒息了。傍晚時分，我不再和露絲及敏娜到伊斯特街上蹓躂，因為她們之間的對話漸漸地只剩下一些對事物尖酸刻薄的暗示和嘲諷，我無法在我越來越敏感的腦袋裡，將這些話語化為精緻而有韻律的句子。和母親之間，我只說些瑣碎的事，我們吃什麼，或者關於我們樓下的鄰居。自從艾特文搬走以後，父親變得非常沉默，對他來說，我只需在他想像中一切可怕的事件裡有個「好的開始」就夠了。一天，當我去探望艾特文的時候，他非常驚訝地對我說，他的朋友托瓦爾特想要和我見個面。他告訴托瓦爾特我寫詩，問我能不能讓托瓦爾特讀我的詩。我驚恐地說：「不行。」但是哥哥說，托瓦爾特認識《社會民主報》的一個編輯，如果我的詩寫得不錯，或許他願意刊登。他說這些的時候，一直猛咳嗽，因為他對工作上使用的油漆過敏。最終，我屈服了，答應他會在隔天晚上帶著我的詩本過來，好讓托瓦爾特閱讀。托瓦爾特也是一名油漆工，十八歲，尚未訂婚。最後一點我已經求證過了，因為我已經開始把他想像成那一個人，那一個毋須話語便可明白一切的友善年輕人。

隔天晚上，我把詩本放進書包裡，漫步到貝克街去。我用非常堅決的眼光看著我遇見的人，因為我很快就會成名了，到時他們就會因為在我通往星星的路上遇見我而感到自豪。我非常害怕這個托瓦爾特會嘲笑我的詩，就如很久以前的艾特文那般。我想像他長得像哥哥，只是唇上有一抹窄窄的鬍鬚。當我踏入艾特文的房間時，托瓦爾特在床上，坐在艾特文旁邊。他站起來，對我伸出手。他矮小而強壯，金色的髮向上梳，他臉上長滿青春痘，幾乎顆顆都快成熟了。他顯然非常害羞，一直不停地用手梳理頭髮，以致他的頭髮在空氣中直立。我驚恐地看著他，心想我絕不可能讓他讀我寫的詩。「這是我妹妹。」艾特文有點多餘地介紹。「她真是他媽的漂亮啊。」托瓦爾特說，同時再次用手刷了刷頭髮。我覺得他這樣說很友善，我坐在房間裡唯一的椅子上，對他微笑。我們不該過於注重外表，我這樣想，或許他真的覺得我長得好看，如果是，他是第一個這樣說的人。我把本子從書包裡找出來，拿在手上。我很害怕這個有影響力的人會覺得這些詩很糟糕，我自己也不知道它們是否是好詩。「給他啊。」哥哥不耐煩地說，於是我伸手，有點猶豫地把詩本交給他。他翻閱著詩本，額頭上呈現著嚴肅的皺紋，我則彷佛存在於另一個空間。我很激動、感動卻又害怕，這本子代表的是顫抖的、活生生的我，只需一個粗暴或充滿傷害的字，便可以徹底將之毀滅。托瓦爾特安靜地閱讀，臉上不帶一絲微笑。最後，他闔上本子，用他那水藍色的眼睛向我傳遞了一個仰慕的眼神，加重語氣地說：「它們真是該死的棒！」托瓦爾特的說話方式讓我想起露絲，她總是非得使用各種變化多端、充滿力量的表達方式來完成一個句子。然而我們不該以這點來評估一個人，再說，在這個瞬間，我覺得托瓦爾特看起來既聰明又好看。「您真的這樣覺得嗎？」我快樂地問。「我該死地這樣覺得。」他堅決地說。「妳絕對能夠把它們賣出去。他父親是一名印刷師傅，」艾特文說明，「他認識所有的編輯。」「是啊，」托瓦爾特確定地說，「我會處理一切。妳把詩本給我，我會給父親看。」「不，」我說，然後快速地將本子一把抓回來。「我，我會自己去跟這個編輯談，您們只需告訴我，他住在哪裡。」「沒問題，」托瓦爾特順從地說，「我會告訴艾特文，他再跟妳說明。」我把本子放回書包裡，急著想回家。我想要獨自一人夢想我的成功，此刻，堅信禮完全不重要了，長大成人、離家和陌生人相處也都無所謂了，所有的一切都不重要了，除了這樣一個或許能在報上發表至少一首詩的美好機會。

托瓦爾特和艾特文遵守了他們的承諾，幾天以後，我手上握著一張紙條，上面寫著：「編輯布羅赫曼（Brochmann），星期天週刊，社會民主報，諾爾法利馬斯街（Nr. Farimagsgade）四十九號，星期二下午兩點。」我穿上星期天上教堂的服裝，用母親的粉紅色紙巾摩擦臉頰，騙母親說我要幫奧爾嘉照顧小孩，隨即蹓躂到諾爾法利馬斯街。我在一棟很高的建築物裡找到了門，門上有個牌子寫著編輯的名字，我小心翼翼地敲門。「進來吧。」門內傳出一個聲音。我踏入一間辦公室，裡面一個有著白色鬍子的老男人，坐在一張凌亂不堪的大桌子旁。「請坐。」他非常友善地說，同時用手指著一張椅子。我坐下，被一陣劇烈的害羞感壓倒。「嗯，」他摘下眼鏡問我：「妳想要什麼？」我一句話也說不出來，只能把那本逐漸殘破的本子交給他。「這是什麼？」他翻閱著，微微地朗讀裡面的幾首詩。他接著透過眼鏡上方看著我：「這些詩都很情色啊，不是嗎？」他驚訝地說。我滿臉通紅，很快地說：「不完全是。」他繼續閱讀，並說：「嗯，但是，那些情色詩是裡面寫得最好的。妳今年幾歲？」「十四歲。」我說。「好，」他猶豫地摸了摸鬍子。「我編輯的是兒童版，這些詩都不合適，妳過幾年再來。」他把我那可憐的本子闔上，笑著還給了我。「再見，小朋友。」他說。帶著我所有破碎的希望，我毫無自覺地把自己拖出了那扇門。我緩慢而寸步難行地穿越城裡的春日——他人的春日，他人歡樂的改變，以及他人的成功——回到家裡。我永遠都不會成名，我的詩一文不值，我終將嫁給一個不喝酒的穩定技工，或者自己有一份提供退休金的穩定工作。經過這次致命的失望以後，我過了很長一段時間才又重新在詩本裡寫詩。雖然別人不喜歡我的詩，我還是必須繼續寫詩，因為它們能紓解我心裡的憂傷與渴望。

18

在籌備我的堅信禮時，出現了一個重大的問題，就是究竟要不要邀請「酒瓶子」出席。他從來不曾來過我們家，但是最近，他忽然滴酒不沾了。現在他一整天都坐在那裡喝汽水，數量和他之前喝的啤酒差不多。母親和父親都說，這對蘿莎莉亞阿姨來說是件大喜事。但是她看起來並不快樂，因為那男人臉色泛黃，肝臟已經出現大問題，大概也時日無多了。即便是這樣，家裡的人都認為這對她來說也是好事。現在我被允許去拜訪他們了，因為他們不必再保護我，怕我會聽到或看到一些對我無益的事。然而卡爾姨丈卻一點也沒有改變，還是一樣坐在桌旁，口齒不清地嘀咕著有關社會腐爛以及沒用的部長們，偶爾對蘿莎莉亞阿姨發出電報式的簡短命令，只要他眼角一揚，她總是馬上奉命行事。汽水瓶在他面前一字排開，難以理解有人能喝下那麼大量的液體。在父母家時，我就經常疑惑。當你到地下室去取木柴，經常會被那些裹著破爛大衣因借酒澆愁而睡死的醉漢絆倒，而在街上，醉漢是日常的景色之一，沒有人會為了他們回頭多看一眼。在公寓樓下的鐵門內，幾乎每晚都聚集一群喝著啤酒和蒸餾酒的男人，只有年幼的小孩會害怕他們。然而，在我們的整個童年裡，我們都不被允許和卡爾姨丈碰面，儘管這其實違抗了蘿莎莉亞阿姨的意願。經過了母親分別和父親及奧妮特阿姨的長久討論之後，他們終於決定讓他出席我的堅信禮。於是我們整個家族都可以參與，除了我的四個表姐，因為我們家客廳實在沒辦法容納那麼多人。母親的心情很好，準備迎接這件大事，並說我不懂得感恩及怪異，因為我無法掩飾事不關己的表情，對我來說，這些彷彿都是為了別人而準備的。

考試結束了，我們在學校也辦了畢業典禮。大家都在歡呼我們終於可以逃離這個「紅色的監獄」[43]，而我歡呼得最大聲。我感到非常困擾，因為我似乎對世界失去了真實的情感，只能永遠模仿他人的反應，假裝自己也是那麼想。所有的一切只能以一種間接的方式才能觸動我。我可以因為報紙上一張街上不幸家庭的照片而哭泣，然而當我在現實生活中看到這樣的場景，我卻一點感覺都沒有。詩和詩意的散文依舊會如往日般讓我感動，但是對於它們所描寫的事，我卻對其非常冷漠。我對現實一點興趣也沒有。當我和瑪

43　譯注：學校的大門是紅色，因此作者在此將學校形容為「紅色的監獄」。

迪亞生小姐說再見時，她問我是否找到了當學徒的地方，我說：「有啊。」並且用一種虛假的開朗語氣說，一年後，我將到家政學校去上課，而在那之前，我會到一位女士家當助理，照顧她的小孩。其他的同學都是去辦公室或店裡工作，我因為自己要成為家政助理而感到羞恥。瑪迪亞生小姐以她那聰明且友善的眼神，仔細地看著我。「好，好，」她嘆氣，「妳不上高中，真的是太可惜了。」只要堅信禮一結束，我就要開始工作了，是母親陪我到那裡去求職的。對方是個離婚的女人，以一種冷漠的傲慢態度對待我們，至於我寫詩，以及在我可以再次拜訪《社會民主報》的編輯布羅赫曼前只想混日子過活的這些事，她看起來應該完全不感興趣。公寓裡並不十分雅緻，儘管她有一台三角鋼琴，地上也鋪著地毯。她白天上班，我需要做的是打掃公寓、準備餐點及照顧孩子；這些我都不曾做過，我不知道該如何讓自己值得那每個月二十五克朗的薪水。在我身後，是童年和學校；在我眼前，是我不得不和陌生人相處、未知且可怕的人生。我被夾住、困在兩極之間，正如我的腳被那一雙尖頭緞面鞋夾緊時的那種感覺。在共濟會會所（Odd Fellow Palæet）[44]，我坐在父母中間聽一場演講，內容提到青年是全丹麥未來的基石，我們不能讓父母失望，因為他們為我們付出許多。和所有的女孩們一樣，我的雙腿上也擱著一束丁香，而她們看起來也和我一樣覺得無聊。父親拉扯著他僵硬的領子，艾特文無法停止咳嗽。醫生說他該換工作，但那是不可能的，他花了四年的時間當學徒，才出師成為油漆工人。母親穿著一條新的黑色絲綢連身裙，領口繡有三朵布玫瑰，她頭上頂著新燙的捲髮。燙髮這件事是

44 譯注：共濟會會所是哥本哈根一座洛可可式建築物，建於一七五一年～一七五五年。這座具有完善音響效果的建築物，後來成為哥本哈根文化生活中重要的聚會場所。

她和父親力爭而來的，因為父親覺得我們無法負擔，再來，父親也覺得這過於「新潮」與輕浮。我也比較喜歡她的平直長髮。她時不時用手帕擦擦眼睛，然而我卻不確定，她是否真的在哭。我找不到任何會導致她哭泣的原因。我想，曾經，對我來說，世界上最重要的事，是母親愛我，然而那一個對母親的愛異常渴望並且努力尋求它存在跡象的孩子，已經不復存在了。如今的我確實相信，母親是愛我的，只是這無法讓我快樂。

我們的晚餐是烤豬肉和檸檬慕斯，而每一次都會因為做家務而生氣和不耐煩的母親，一直到甜點上桌才放鬆下來。卡爾姨丈被安排坐在壁爐旁，滿身大汗，時不時得用手帕擦擦他那圓圓的光頭。桌子的另一端坐著木匠彼得姨丈，他和代表著整個家庭教養部分的奧妮特阿姨坐在一起。奧妮特阿姨她寫了一首歌給我[45]，因為她擁有在所有重要場合從善如流的「藝術天分」。內容唱的是我成長過程中所有無趣的事件，而每一個段落都這樣結束：「希望上帝就在你的身邊，法德拉，那樣運氣和快樂就會跟著你，法德拉。」當我們唱著副歌時，艾特文看著我，眼裡帶著笑意，於是我趕快看著歌詞好讓自己不笑出來。接著，彼得姨丈邊敲著玻璃杯邊站起來，他要致詞。內容和之前我在共濟會會所裡聽到的差不多，我只用一隻耳朵聽。他說什麼加入成人的隊伍後，得像我父母那樣努力和把事情做好。太冗長了。卡爾姨丈時不時說：「是！」就像喝了酒那樣，而艾特文不斷咳嗽。母親眼神空洞，我緊縮著腳趾，只覺得不自在和沉悶。他終於結束了，大家都喊了「呼啦」[46]，蘿莎莉亞阿

45 譯注：根據丹麥傳統，有在重要慶典上（如生日、婚禮、堅信禮等）為當事人寫歌的習慣，內容通常歌頌當事人的軼事，以及獻上祝福。

46. 譯注：原文「hurra」是丹麥人常用的歡呼語氣詞，近似於英文裡的「hurray」，丹麥人在生日或婚禮等任何正式慶祝場合中，都常會喊「hurra」。

姨給我送上一個溫暖的眼神，並默默地說：「我的天！成人的隊伍！她既非鳥也非魚啦。」我可以感覺嘴角的顫動，趕快低頭看著盤子，這是在我的堅信禮上被說出的最充滿愛，或許也是最真實的一句話。晚餐以後，我們終於可以把腿伸直，人人都覺得他們比來之前更開心，或許也是因為葡萄酒的緣故。他們羨慕父母送給我的腕錶，我也很喜歡，讓我纖瘦的手腕看起來較耀眼。其他人則給我錢，超過五十克朗，但是我必須全部存進銀行以備晚年之需，因此沒有什麼特別的期待。

客人們都離開以後，我幫母親打掃，之後，我們坐在桌旁聊天。儘管已經過了午夜，我依然十分清醒，並且慶幸我的慶祝會已經結束了。「上帝啊！他還真能吃，」母親說，她指的是彼得姨丈。「你看見了嗎？」「是啊，」父親憤怒地說，「喝得也不少！

因為是免費的，他就不客氣了。」「他還把卡爾當空氣，」母親繼續說，「這對蘿莎莉亞來說真的是太委屈了。」忽然間，她對著我微笑說：「是不是美好的一天啊，托芙？」我只想著這帶給他們多少麻煩，以及花了多少錢。「是啊，」我說了謊，「這是一場美好的堅信禮。」母親讚許地點點頭，同時打了個呵欠。忽然間，她想到一個好主意。「迪特萊弗，」她以一種快樂的語氣說，「現在托芙很快就要出去賺錢了，我們是不是能買得起一台收音機啊？」恐懼和憤怒讓血液衝上我的頭，「不許用我的錢來買收音機，」我生氣地說，「這些錢我自己要用。」「喔，這樣啊。」母親冷冷地回應，她站起身，跺著腳走出門，然後把門重重摔上，以致牆上的石灰粉嘎嘎作響地剝落。父親尷尬地看著我。「妳不必太認真，」他解釋，「我們銀行裡有一點存款，可以用來買一台收音機，妳只需要付一點房租就可以了。」「是。」我說，並且為自己的憤怒感到後悔。我知道，母親接下來很多天都不會和我說話。父親和藹地說晚安，我走進臥室，那裡的窗臺，我再也無法倚靠，也無法夢想著成人世界裡一切可以達成的幸福。

我獨自一人坐在童年的客廳裡，母親在唱歌的時候，哥哥曾經在這裡往一片木板敲打著釘子，而父親翻閱著那本我多年未看見的禁書。這些都是幾個世紀以前的事了，而我覺得，當時的我是快樂的，儘管我當時也因為覺得童年永無止境，感到痛苦。牆上掛著的水手之妻凝望大海；斯陶寧嚴肅的臉則低頭看著我，很久很久以前，我的上帝則在他的照片裡誕生。雖然我還是會在這裡入睡，今晚我卻覺得，我在和這個客廳告別。我不想上床就寢，也毫無睡意，我被無止境的悲傷籠罩著。我移開窗臺上的天竺葵，抬頭看著天空，新月像搖籃，在被風吹動的雲層中，溫柔地來回擺動，而那底下，閃爍著一顆新星。我為自己讀了幾句約翰尼斯．威廉．延森的《冰川》（*Braen*），因為經常閱讀，已經把長長的句子銘記在心：「就像夜間剛亮起的星星，恍若晨星一現，在母親胸前被殺害的小女孩啊，閃閃發光，如嬰兒的靈魂，潔白並若有所思地，在那無止境的路上，獨自徘徊，愉快地玩耍。」淚水沿著我的臉頰滑下，因為這個段落總是讓我想起露絲，而我已經永遠地失去她了。有著美好、心形的嘴，以及有力而清澈雙眼的露絲。我失去的好朋友，她那伶俐的口齒、善良的心，我們的友情，已如童年般，結束了。如今，最後僅存的我，如被曬傷的皮屑般，一片片剝落，而在那之下，一個錯誤而古怪的成人誕生了。我讀著我的詩本，而夜晚徘徊在窗戶之外——在我不知不覺間，童年無聲無息地跌落到記憶的最深處，這是我心靈的圖書館，而我餘生，將從這裡汲取知識和經驗。

譯後記——

這些街道上的那些往事

吳岫穎

很多街道，走久了也只是街道而已。

轉眼在丹麥住了快二十一年。這二十一年來一直都是住在哥本哈根的「西關廂」這個城區。西關廂音譯為韋斯特布羅（Vesterbro），因這一區域曾是哥本哈根西城門外的關廂而得來（城門現今已拆毀）。二十年前，這一城區以紅燈區、移民區聞名，如今卻是充滿各式特色咖啡館、時裝店、綠色公園的城區。這二十年來，我每日穿越韋斯特布羅的大小街道，什麼時候該直走、該拐彎，已經是雙腳的肌肉記憶，趕路的時候，這些大小街道，也僅僅是街道而已。

機緣巧合之下，得知有這樣一份翻譯工作，編輯雅惠寄來試譯稿時，我愣了一下，心想：哦，托芙・迪特萊弗森（Tove Ditlevsen）啊，我當然知道她。住在韋斯特布羅二十年，很難不知道她啊。兒子們的學校是以她命名的——儘管當年她就讀的小學早已拆除，然而在二〇〇八年，在她的童年之地，兩所小學合併的時候，以她的名字為學校命名，好像也是理所當然的事。學校旁以她之名為紀念的托芙・迪特萊弗森廣場（Tove Ditlevsens Plads），廣場的石凳牆上印著她的詩句。韋斯特布羅的居民，對於鄰里間曾經住過這樣一個名詩人，都相當引以為傲。然而，儘管對她的名字相當熟悉，我卻不曾拜讀過她的任何一部作品。因此，接下了這部作品的翻譯以後，有一種這彷彿是冥冥中安排好的感覺。

在她的鄰里居住了二十年，在她的童年街道也走了二十年。翻譯的過程中，我有時間就會按照她自傳裡的描寫，把這些街道認真地走了一次又一次。忽然之間，這些走了二十年的大街小巷，就不僅僅只是大街小巷了——此刻我眼裡的這些風景，和當年年幼的她眼裡看到的，是同一幅街景嗎？

這是一個勵志的故事嗎？我卻覺得這是一個悲哀的人生。她的童年和青春期裡都沒有太多的愛。她的內心一直是如此地黑暗與空洞。立志要當詩人，千辛萬苦都要寫詩。她的愛情和婚姻也是建立在利害關係上的。一路上走來，這小女孩的心裡會有多少掙扎呢。這套哥本哈根三部曲，寫的是人生的幾許掙扎、一段夢想、生活的壓迫、光明裡的黑暗與黑暗裡的光明。當我走在日常的街上，想起

八、九十年前同樣的街道，一個小女孩在黑暗裡拚了命地尋找人生中的一絲光芒。這又是閱讀之外的另一番感受了。

一九一七年出生的她，在一百零五年後的今天，不僅僅是丹麥人引以為傲的國民詩人，也開始在國際上受到矚目。可惜的是，就如同每個偉大的人物，在他們有生之年，總是覺得自己沒有被看見。她終其一生都在尋求肯定，卻總是覺得自己在當時的文壇一直沒有得到真正的認可。四段婚姻都以離婚收場，最後在五十八歲那年自殺身亡，上千群眾出席了她的葬禮，送她最後一程。可惜啊，這壯觀的場面，她自己卻看不到了。

閱讀她的人生三部曲，讓同樣身為女性的我——相隔了幾十年的人生——偶爾還是可以體會作為母親、自我、妻子等等各種人生角色裡的分裂和難為。托芙說，只有寫作的時候可以讓她有類似抵達天堂的感覺。時間走過，相隔約一百年的我們，在同一條街上，有著類似的掙扎——身為女人，我們總會不由自主地被各種身分制約，以致顧忌太多而輕易卻步。然而儘管人生路上磕磕絆絆，托芙到最後都沒有放棄夢想，希望她的故事可以提醒我們，在屬於我們自己的人生裡，我們絕對可以理直氣壯地選擇自己想要走的路。

【新書預告】

《青春》 哥本哈根三部曲 2

出身於工人階級家庭，托芙被迫提前離開學校，開始卑微的低薪工作及曲折的職業生涯。她在書中描述人生第一份只維持了一天的工作：誤闖上流人家擔任女傭，初日上工就意外洗壞鋼琴。也記錄下青春期的生活，如工作之餘報名劇團，卻因意外表現搶走好朋友的風采等趣事。她嚮往著擁有「自己的房間」，選擇離家憑己之力追求夢想。最後就在首部詩集終於有機會出版，情感關係也將邁入新篇章之際，卻迎來了世界大戰的消息——

——即將登場，敬請期待——

國家圖書館出版品預行編目（CIP）資料

童年：哥本哈根三部曲 . 1/ 托芙・迪特萊弗森 (Tove Ditlevsen) 著；吳岫穎譯 . -- 新北市：遠足文化事業股份有限公司潮浪文化 , 2022.04
面；　公分　譯自 : Barndom : Kobenhavnertrilogi. I
ISBN 978-626-95748-0-3(平裝)

881.557　　111000973

文學聚落 Village 001

童年

哥本哈根三部曲 1
Barndom : Kobenhavnertrilogi I

作者	托芙・迪特萊弗森（Tove Ditlevsen）
譯者	吳岫穎
主編	楊雅惠
協力編輯	鍾瑩貞
校對	聞若婷、鍾瑩貞、楊雅惠
視覺構成	王瓊瑤
社長	郭重興
發行人兼出版總監	曾大福
出版發行	遠足文化事業股份有限公司　潮浪文化
電子信箱	wavesbooks2020@gmail.com
粉絲團	www.facebook.com/wavesbooks
地址	23141 新北市新店區民權路 108-3 號 8 樓
電話	02-22181417
傳真	02-86672166
法律顧問	華洋法律事務所　蘇文生律師
印刷	中原造像股份有限公司
出版日期	2022 年 4 月
定價	330 元
ISBN	978-626-95748-0-3、9786269574810 (PDF)、9786269574827 (EPUB)